KB112195

남자들은 모른다

남자들은 모른다

남자들은 모른다

김승희

마음산책

남자들은 모른다

1판 1쇄 발행 2001년 8월 5일
1판 3쇄 발행 2018년 3월 30일

지은이 | 김승희
펴낸이 | 정은숙
펴낸곳 | 마음산책

등록 | 2000년 7월 28일(제13 - 653호)
주소 | (우 04043) 서울시 마포구 잔다리로 3안길 20
전화 | 대표 362 - 1452 편집 362 - 1451   팩스 | 362 - 1455
홈페이지 | http://www.maumsan.com
블로그 | maumsanchaek.blog.me
트위터 | http://twitter.com/maumsanchaek
페이스북 | http://www.facebook.com/maumsanchaek
전자우편 | maum@maumsan.com

ISBN 89 - 89351 - 11 - 1 03810

비너스의 언덕과 자궁이 여성 운명의 전부라고?

그것은 거짓말이 아닌가?

여성시에는 왜 이렇게
광기와 타나토스가 많은 것일까?

여성 문학은 소수 문학이다.

여성 문학은 탈주의 선(線)을 찾는 문학이다.

여성 문학은 아버지의 이름에 구멍을 내는 문학이다.

구멍을 내고 또 그것을 꿰매기도 하는 이중적 문학이다.

여성 문학은 가부장제 사회가 내미는 거울을 수납하지 않는 문학이다.

그 거울 속에 비친 허구적 '자아 영상'(사랑스러운 연인이며, 집안의 천사이며, 숭고한 어머니이며, 고통을 참는 곰-여인이며, 사랑을 택하기 위해 '혀'를 바치는 침묵의 인어)이며, '남성―추상―관념―능동―문화'에 비해 '여성―육체―관능―수동―자연'이라는 도식을 채택하지 않으며 엎드려 우는 여인, 타자, 우러러 기원하는 하부 주체, '변두리에 있는 하수구'일 뿐이라는 고정관념을 받아들이지 않는 문학이다.

그 거울을 깨뜨릴 뿐만 아니라 우리 사회의 문화질서(상징계)가 여성들에게 부여한 젠더(Gender)를 해부하고 뒤집고 그것을 전유하여 전복시키기를 꿈꾸는 푸른 힘의 문학이다.

고개를 갸우뚱하며 생각하는 문학이고 반어와 역설의 언어이며 정전 해체의 시각과 정전(正典) 뒤집기의 언어를 가진 유쾌한 문학이다. 지배 문화의 허위를 진맥하고 지엄한 레디메이드(旣成) 여성 담론에 균열을 일으키고자 하는 위반의 문학이다.

웃음의 문학이며

하얀 젖의 문학이며

틈새를 내는 균열의 문학이며

혐오의 문학이며

자기가 '곰'으로 호명된 '호랑이'라는 것을 아는 지성의 문학이며

곰과 호랑이 사이에 있는 분열에 대한 고통을 발하는 신경증의 문학이며

그 둘 사이에 있는 금(禁)을 횡단하는 '가로지르기'의 문학이며

때로 좋은 유방의 문학이며

때로는 나쁜 유방의 문학이며

재생산을 위한 자궁의 문학이며

자기 쾌락적인 클리토리스(Clitoris)의 문학이며

낙태의 문학이며

싸움의 문학이며

도망치면서 생존하는 리좀(Rhizome, 포복성 줄기)의 문학이며

야간 비행의 문학이다.

이제 여성 문학은 희생과 고통의 시학만을 구성하지 않는다.

새로운 여성 주체에 대한 인식을 보여주는 70년대 이후의 여성 시인들의 작품을 44편 골라보았다. 나는 '여성적 주체(Female Subject)에서 여성주의적 주체(Feminist Subject)로의 인식의 전환'을 여성시의 '현대적' 특질의 출발점으로 본다. 가부장제 사회(문화)가 제공하는 여성 정체성과 그 환상을 수동적으로 받아들이고 있는가, 아니면 그 자아-영상의 허구와 '세계/나' 사이의 틈새를 인식하고 '자의식의 갑작스러운 분열'(버지니아 울프)을 느끼며 거울과 상징 질서의 허구성을 꿰뚫어 보는가, 하는 '주체'의 문제가 여성적 문학(Feminine Literature)과 여성주의적 문학(Feminist Literature)의 차이를 만든다고 생각하기 때문이다. 그리하여 70년대 이후 여성주의적 주체에의 인식을 가지고 모던/포스트모던 기법으로 쓰여진 여성시 텍스트들을 고르는 입장을 취했다. 또한 한국 여성시에 더하여 에밀리

디킨슨, 애드리안 리치, 준 조단, 실비아 플라스, 앤 섹스턴, 마야 안젤로우 등 미국 여성 시인들도 몇 명 초대해 보았다.

강은교는 반드시 여성 문제에만 창작의 초점을 맞춘 시인은 아니지만 여성 주체의 원형을 오구대왕의 버려진 딸, 소외된 타자의 대명사 '비리데기'에서 발견해냈고 고정희는 여성·민중·주체의 소외된 성격을, '하나님-아버지'의 가부장·남근·유일신 중심주의에서 고개를 돌려 '하느님-어머니'를 감히 복원해냈다. 도도한 남성중심주의 문학사에서 절대 주체가 '열지 말라'고 명했던 '여성주의' 문학이라는 판도라의 상자는 그 이후 많은 젊은 여성 시인들이 열어왔고 지금도 계속 젊은 '판도라 여성들'이 주제와 형식으로서의 금제의 뚜껑을 열어오고 있다.

그러한 판도라, 분열된 주체들이 노래한 가부장 사회 속 여성 체험의 여러 모습들. 결혼, 애인 되기, 어머니 되기, 자기 어머니 발견, 광기, 불모, 추방, 변두리화, 제도로서의 결혼, 성 경험, 제도-모성, 일부일처제, 허구적 여성 신화(원형) 깨기, 생리적 체험들, 출산, 에로티시즘, 성폭력, 환상, 잔혹, 자기비하, 자기살해, 남성들의 정전 뒤집기, 죽음 충동 등등.

선(選)을 마치고서 어쩔 수 없이 한숨지며 나는 중얼거렸다. "동서양을 불문하고 여성시에는 왜 이렇게 광기와 타나토스가 많은 것일까?" 하고. 이 선집에 소개되어 있는 다섯 명의 여성 시인이 자살로 생을 마감하기도 했으니 말이다.

'나는 여성의 문학을 생물학 때문이 아니라 어떤 의미에서는 그것이 식민지 문학이기 때문에, 하나의 특수한 것으로 간주한다'라는 크리스티엔 라치포트의 말을 생각한다.

나는 앞에서 여성 문학을 소수의 문학이라고 규정했다. 크리스티엔 라치포트는 식민지의 문학이라고 말했다. 그 둘 다 자기보다 더 큰 어떤 '절대 주체' '아버지의 이름' '권력'에 의해 자신이 타자로서 영토화되어 있다는 '사실'을 고통스레 인식하는 문학이며 동시에 그 권력적 지도로부터 자신을 탈영토화시킬 은밀한 탈주의 선을 욕망하는 문학이란 뜻으로 나는 생각한다.

그러기에 여성 문학은 아무리 개인적일 때도 정치적 코드를 몸에 친친 감고 있는 것으로 읽혀질 수 있다. 그러나 남성중심주의와 그 문화 흔들기, 대항 담론 만들기가 여성 문학의 궁극의 목표일 수는 없다. 그보다 성 불평등과 성 억압에 대한 현실장치들이 더 활성화되고 생활과 의식 저변에 평등과 평화가 잘 정착되어서 포스트 페미니즘(Post-feminism)적 사회가 오기를 누구보다도 희망한다. 남성/여성, 두 성 다 자유로워지기 위하여.

재수록을 허락하여주신 여성 시인들께 감사를 드린다. 독자들의 이해를 돕기 위해 각 텍스트마다 여성중심주의 비평의 이슈들과 우리 생활 이야기를 연관시켜 내 나름의 평과 느낌을 써보았다. 좋은 작품들에 누를 끼치지나 않았는지 모르겠다.

2001년 7월

김승희

차례

엮고 쓰면서 … 6

최승자　일찌기 나는 … 17
　　　　여성에 관하여 … 20
강은교　비리데기의 여행노래 3 … 22
김혜순　딸을 낳던 날의 기억 … 26
　　　　또 하나의 타이타닉 호 … 30
실비아 플라스　아빠 … 33
　　　　생일을 위한 시 6 … 41
고정희　땅의 사람들 8 … 46
　　　　사임당이 허난설헌에게―정실부인론을 곡함 … 48

앤 섹스턴　가정 주부 … 52
　　　　죽음의 아이 … 55
김정란　집을 뜯어먹는 짐승 … 59
황인숙　칼로 사과를 먹다 … 64
최영미　어떤 족보 … 68
　　　　Personal Computer … 70
이상희　해골의 표정 … 74
　　　　석영희　심판 … 76
　　　　미란에 대하여 … 82
　　　　엄승화　은여우 … 85
이연주　흰 백합꽃 … 88
양선희　노상에서의 휴일 … 92

준 조단   어떤 사람들 … 95

        여자 그리고 남자의 침묵 … 98

신현림   립스틱과 매니큐어 … 102

박서원   어떤 황홀 2 … 106

        난간 위의 고양이 … 108

김선우   양변기 위에서 … 110

        엄마의 뼈와 찹쌀 석 되 … 112

        얼레지 … 116

허혜정   푸른 밤 … 119

에밀리 디킨슨   나의 생명은 - 장전된 한 자루의 총 - … 122

이경림   나ₒ, 무너진 … 126

노혜경   레이스마을 이야기-할머니의 앞치마 … 130

애드리안 리치   성폭행 … 134

        여자들 … 137

김소연   幻身의 고백 … 140

마야 안젤로우   새장에 갇힌 새 … 146

김상미   드라큘라 백작의 녹음 테이프 … 150

        아줌마 … 155

정끝별   우리집에 온 곰 … 159

김언희   트렁크 … 162

최정례   햇빛 속에 호랑이 … 164

김승희   사랑 5 … 168

        한국식 실종자 … 171

여성적 글쓰기는 모든 고정된 의미를
의문시하는 데서 출발해야 한다.

일찌기 나는

최승자

일찌기 나는 아무 것도 아니었다.
마른 빵에 핀 곰팡이
벽에다 누고 또 눈 지린 오줌 자국
아직도 구더기에 뒤덮인 천년 전에 죽은 시체.

아무 부모도 나를 키워 주지 않았다
쥐구멍에서 잠들고 벼룩의 간을 내먹고
아무 데서나 하염없이 죽어 가면서
일찌기 나는 아무 것도 아니었다

떨어지는 유성처럼 우리가
잠시 스쳐갈 때 그러므로,
나를 안다고 말하지 말라.
나는너를모른다 나는너를모른다.
너당신그대, 행복
너, 당신, 그대, 사랑

내가 살아 있다는 것,
그것은 영원한 루머에 지나지 않는다.

최승자

한국 여성 시사에서 '여성 자서전'적 인식의 창세기가 될 만한 작품. 호명되는 주체에의 거절, 즉 여성적 타자로부터 여성주의적 주체로의 전환적 인식을 선포한 선언적 작품. 아버지의 이름으로 형성된 가부장적 사회 안에서 여성은 어쩔 수 없는 변방이며 검은 변두리이며 비천한 존재이며 무(無)이며 '더럽고 부적절한' 존재이며 메스꺼운 것들의 총체라는 것을 잘 보여주는 작품. 그리하여 로고-팔로센트리즘(Logo-Phallocentrism)안에서 금기 동물인 뱀과의 동일시가 드러난다.

아버지의 이름이 '나'를 호명하여 '호명된 주체'로서의 정체성을 부여하려는 기획 자체가 가부장적 음모이며 여성의 주변화라는 것을 시인은 알고 있다. 그리하여 「자화상」의 '나는 아무의 제자도 아니며/누구의 친구도 못 된다./잡초나 늪 속에서 나쁜 꿈을 꾸는/어둠의 자손, 암시에 걸린 육신.//어머니 나는 어둠이에요./그 옛날 아담과 이브가/풀섶에서 일어난 어느 아침부터/긴 몸뚱어리의 슬픔이에요'라는 구절은 '나를 키운 것은 팔할이 바람이다'라는 서정주의 격렬한 '바람 담론'과 맥을 같이한다.

부모에게서 자신의 정체성의 주요 부분을 부여받는 유교주의적 핏줄의 한 시니피앙이기를 거부하고 아버지의 질서 바깥으로 이미 추방된 '어둠 · 악마 · 뱀 · 비천함' 쪽으로의 이 현기증나는 이동.

'모든 아방가르드 문학은 상징계의 기호화를 표현하는 것이고 그러한 과정에서 언어 속의 쥬이상스(Jouissance, 희열)의 흐름을 보여준다. 상징은 끝없이 코라(Khora, 오이디푸스 단계에 진입하기 이전의 영역, 남녀양성적인 것이 혼재하며 이질적인 모순의 충동들이 들끓고 있는 잡종적 영역)를 억압하고 그것의 귀환을 막는데, 그래도 검은 코라는 간헐적으로나마 돌아온다' (줄리아 크리스테바).

여성에 관하여

최승자

여자들은 저마다의 몸 속에 하나씩의 무덤을 갖고 있다.
죽음과 탄생이 땀 흘리는 곳,
어디로인지 떠나기 위하여 모든 인간들이 몸부림치는
영원히 눈먼 항구.
알타미라 동굴처럼 거대한 사원의 폐허처럼
굳어진 죽은 바다처럼 여자들은 누워 있다.
새들의 고향은 거기.
모래바람 부는 여자들의 내부엔
새들이 최초의 알을 까고 나온 탄생의 껍질과
죽음의 잔해가 탄피처럼 가득 쌓여 있다.
모든 것들이 태어나고 또 죽기 위해선
그 폐허의 사원과 굳어진 죽은 바다를 거쳐야만 한다.

최승자

이 시에서 여성의 몸은 무덤·항구·동굴·폐허·사원·바다의 은유들과 맺어져 있다. 철저한 불모의 은유들이다.

뤼스 이리가레이(Luce Irigaray)는 『오목거울*Speculum*』에서 플라톤의 '동굴 신화'를 정신분석하면서 동굴을 여성·어머니의 몸(자궁)의 은유로 읽어낸다.

'모태인 어머니의 몸을 부정하고 모태와의 경험적 관계에서 이탈하여 하늘로 올라가 사색하면서 세상을 초월하는 이데아에 대한 남성의 환타지를 밝혀낸다. 이 환타지를 통해 남성 주체는 태양처럼 중심적인 위치에 서서 대상을, 여성의 몸을 경멸하며 배제하는 동시에 그것을 전유한다는 것이다.

그런데 자연, 물질, 세상으로부터 태양을 향해 수직적으로 비상하는 초월을 꿈꾸는 남성 주체를 동굴은 그림자처럼 따라다닌다고 한다. 이 동굴이 환기하는 것은 여성·어머니의 몸(자궁)이다'(태혜숙).

이 시는 주체성이 부인된 여성의 몸, 회칠한 무덤 같은 그 동굴의 황폐에 대해 쓴다. 오목경을 가지고 그 동굴의 신비의 힘으로 좀더 내려갔으면 좋겠다.

비리데기의 여행노래

― 三曲·사랑

강은교

저 혼자 부는 바람이
찬 머리맡에서 운다.
어디서 가던 길이 끊어졌는지
사람의 손은
빈 거문고 줄로 가득하고
창밖에는
구슬픈 승냥이 울음 소리가
또다시
만리길을 달려갈 채비를 한다.

시냇가에서 대답하려무나
워이가이너 워이가이너

다음날 더 큰 바다로 가면
청천에 빛나는 저 이슬은
누구의 옷 속에서
다시 자랄 것인가.

사라지는 별들이

찬바람 위에서 운다.
만리길 밖은
베옷 구기는 소리로 어지럽고
그러나 나는
시냇가에
끝까지 살과 뼈로 살아 있다.

강은교 시인의 작품은 흔히 말하는 페미니스트 작품과는 다르다. 그녀에게 여성 문제는 주요 주제가 아니었다. 여성 문제에 대해 발언하기보다는 내재화된 근원적인 인간애를 노래하지만 연작시 「비리데기의 여행노래」에서의 '비리데기' 발견과 「자전 2」에서 '그렇다. 바다는/모든 여자의 자궁 속에서 회전한다/밤새도록 맨발로 달려가는/그 소리의 무서움을 들었느냐'와 같은 여성 신체 발견에서 여성 성 정체성의 전율적인 새로움을 찾을 수 있다.

「자전 2」를 자궁의 우주 지리학이라고 김열규 교수는 부른다. '바다 또는 밀물, 썰물, 달의 이미지는 여성들의 월경주기와 연관된다. 여성시에 등장하는 상징적인 풍경들이 얼마나 자주 여성들의 육체와 연관되는지' (엘렌 모어스)…….

'가부장적인 서구 문화에서 텍스트의 작가는 아버지이고 조상이고 산출자이고 일종의 미학적 가장인데 이때 그의 펜은 그의 페니스와 같이 생식의 도구가 된다. 만약 펜이 남성의 은유적 성기라면 여성은 어떤 기관으로 텍스트를 생식할 수 있는가' (길버트와 구바, 『다락방 속의 미친 여자』 중에서)?

남근 숭배적 권위의 결핍으로 인해 여성의 언어에는 두려움과 불안과 신경성의 떨림이 있다고까지 말해진다. 여성은 무엇으로 글을 쓰는가? 자궁으로 분만한다. 난소로? 흰

잉크(모유)로 쓴다 등등의 생물학적 비평들.

비리데기. 오구대왕의 막내딸. 버려진 딸. 천하디 천하게 잊혀진 딸. 아버지를 죽음의 세계에서부터 살려내기 위해 생명수를 구하러 황천 여행을 떠난 용감한 딸. 그러나 버려진 딸. 천하게 버려진 것이 중심을 구원한다. 결국 원하던 것을 구하여 황천 여행에서 돌아와 이미 돌아가신 아버지를 구하고 그녀는 무조신(巫祖神)이 된다.

한국의 딸에겐 그렇게 운명이 무겁다. 사랑이 무섭다.

딸을 낳던 날의 기억

— 판소리 사설조로

김혜순

거울을 열고 들어가니

거울 안에 어머니가 앉아 계시고

거울을 열고 다시 들어가니

그 거울 안에 외할머니 앉으셨고

외할머니 앉은 거울을 밀고 문턱을 넘으니

거울 안에 외증조할머니 웃고 계시고

외증조할머니 웃으시던 입술 안으로 고개를 들이미니

그 거울 안에 나보다 젊으신 외고조할머니

돌아앉으셨고

그 거울을 열고 들어가니

또 들어가니

또다시 들어가니

점점점 어두워지는 거울 속에

모든 윗대조 어머니들 앉으셨는데

그 모든 어머니들이 나를 향해

엄마엄마 부르며 혹은 중얼거리며

입을 오물거려 젖을 달라고 외치며 달겨드는데

젖은 안 나오고 누군가 자꾸 창자에

바람을 넣고

내 배는 풍선보다

더 커져서 바다 위로

이리 둥실 저리 둥실 불려다니고

거울 속은 넓고넓어

지푸라기 하나 안 잡히고

번개가 가끔 내 몸속을 지나가고

바닷속에 자맥질해 들어갈 때마다

바다 밑 땅 위에선 모든 어머니들의

신발이 한가로이 녹고 있는데

청천벽력.

정전. 암흑천지.

순간 모든 거울들 내 앞으로 한꺼번에 쏟아지며

깨어지며 한 어머니를 토해내니

흰옷 입은 사람 여럿이 장갑 낀 손으로

거울 조각들을 치우며 피 묻고 눈감은

모든 내 어머니들의 어머니

조그만 어머니를 들어올리며

말하길 손가락이 열 개 달린 공주요!

김혜순

출산하는 몸으로서 죽음과 재생의 드라마를 겪으며 여성의 계보(Female Gegeneology)를 발견하는 시.

남성중심 문화는 아버지/아들의 관계만을 중시 여김으로써 모계를 파괴하여 왔다. 그래서 어머니와 딸, 또는 시어머니와 며느리로 이어지는 여성의 계보는 적대감과 분리에 의해 지배되어 왔다. 그런 여성들 사이의 관계는 남성들의 위계질서 못지 않게 억압적인 것이었다.

그러나 산방(産房)에서 산고를 겪으며 여성 화자는 '남근의 주술'에 걸려 있는 이 수직적 현실의 상징 질서를 떠나며 상징계 이전에 있는 '거울 단계'로 갔다가 그것을 또 깨고(거울은 나르시시스트적 환상의 원형, 자아의 허구를 만드는 마술 도구), 어머니와 외가쪽 여인들의 고대(古代)적 몸과 하나가 된다.

'상징계의 기호화, 또는 아버지의 이름을 벗어나 어머니의 몸으로 돌아가기'의 욕망(크리스테바)의 표현이 예술이라는 것을 잘 보여주는 시.

출산이라는 몸의 해체의 경험을 통해 화자는 모든 어머니들, '대문자-여성'들의 고대적 현현을 만나며 그 고대적 여인들의 되돌아옴이 딸의 출생이라는 것을 깨닫는다.

이상(李箱)의 「오감도 제2호」와 쌍을 맺고 있는 시. '아버

지가나의곁에서조을적에나는나의아버지가되고또나는나의
아버지의아버지가되고또나는나의아버지의아버지의아버지
의아버지가되는데 …(중략)… 왜나는아버지의아버지의아
버지의아버지노릇을한꺼번에하면서살아야하느냐'라는,
'아버지/나'의 수직적이고 억압적 관계를 부정하며 아들이
라는 한 점 혈연으로 수렴되는 무한한 가부장제적 부채를
거부하고 있는 이상의 시와는 달리 '나—어(할)머니들—
딸'로 이어지는 모계적 관계는 부드러운 융합의 관계이자
순환적인 것이어서 억압에의 증오나 합일에의 거절이 일어
나지 않는다.

   '자궁'이라는 같은 질료로 되어 있는 여성-육체에 대한
무한한 긍정과 경배. 결국 딸은 나에게 돌아온 '내 어머니
들의 어머니'이자 여성적 계보 안의 한 점 즐거운 화엄(華
嚴)이 된다.

또 하나의 타이타닉 호

김혜순

솥이 된 '또 하나의 타이타닉 호'
1911년 건조되었고, 선적지는 사우샘프턴
속력은 22노트, 여객선, 한 번 항해에 2천 명 이상 탑승한 경력
내가 결혼한 해에 해체되었으며
지금은 빵 굽는 토스터, 아니면 주전자, 중국식 프라이팬,
한국식 압력 밥솥이 되었다
상처투성이의 큰 짐승
육지 생활에 여전히 적응 못 하는 퇴역 선장
그래서 솥이 되어서도
늘 말썽이 잦다
나는 밥하기 싫은 참에 압력 밥솥 회사에 항의 전화를 걸었다
자꾸 김이 새잖아요?
　내가 씻은 쌀이 도대체 몇 톤이나 될까. 새벽에 일어나 쌀을 씻고, 식탁을 차리고, 다시 쌀을 씻고, 솥을 닦고, 숟가락을 닦고, 화장실을 닦고, 다시 쌀을 씻는다. 닭의 뱃속에 붙은 기름을 긁어내고, 쌀을 씻고, 생선의 내장을 꺼내고, 파를 다진다. 다시 쌀을 씻는다. 망망대해를 떠가는 배, '또 하나의 타이타닉' 표 압력 밥솥, 과연 이것이 나의 항해인가. 리플레이,리플레이,리플레이
　우리집에 정박한 한국식 압력 밥솥 '또 하나의 타이타닉 호'

불쌍해라, 부엌을 벗어난 적이 없다

밥하는 거 지겨워

설거지하는 거 지겨워

그럼 그것도 안 하면 뭐 할 건데?

압력 밥솥이 내게 물었다

뱀처럼 밥 먹고 입을 쓰윽 닦지

내가 대답했다

영사기에서 쏟아지는 빛처럼 가스 불이 솥을 에워싸자 파도가

끓는다

스크린처럼 하얀 빙산에 배가 부딪힐 때

밤 바다로 쏟아져들어가는 내 나날의 이미지

물에 잠겨서도 환하게 불켜고

필름처럼 둥글게 영속하는 천 개의 방

느리디느린 디졸브로

솥이 된 여자, 그 여자가

곧, 스타들과 엑스트라들이 끓어오르는 흰 파도 속에서 잦아든다

그 이름 '또 하나의 타이타닉 호'

화이트 스타 선박 회사 건조

수심 4천 미터 속 부엌을 천천히 걸어다니며

짙푸른 바닷속에 붉은 녹을 풀어넣고 있다

소설가 김지원의 작품 중에 저녁이 오면 밥상을 부수고 어디론가 떠나고 싶은 마음이 든다는 구절이 있었지. 노을이 내릴 무렵 밥솥을 들고 쌀을 씻는 여성들에게 밥솥의 무게는 타이타닉 호의 침몰과 맞먹는 그런 침몰의 무게가 될 수도 있으리라.

거칠 것이 없는, 자유분방한 시인의 상상력을 따라 그 이질적인 둘 사이에 있는 놀라운 유추가 발견, 아니 발굴되었다. 김혜순은 그런 의미에서 '일상 속에 있는 초현실의 놀라운 발굴가'라고 할 수 있다.

밥솥의 무게, 그 속에 새겨진 여인들의 일상-역사의 무게. 시인의 상상력은 타이타닉 호라는 금세기 최대 호화여객선 침몰의 상상력과 여자의 가사 노동을 제휴시켜 '영화 속의 화려한 사랑/우리들 일상의 무거운 노동, 사랑과 죽음의 전설/전설도 무엇도 없이 스러져가는 여인의 시간' 등의 명암을 뛰어나게 조형한다.

여성적 일상은 위대한 제로, 즉 결핍도 아니고 위대한 생산, 허여(許與)도 아니다. 뒷면이 없는 하나의 띠, 단지 빙빙 돌 뿐 안도 밖도, 출구도 입구도 없는 하나의 뫼비우스의 띠, 무한히 꼬아지며 이어지고 있기에 탈출할 수도 없는, 가라앉기만 하는 이 회색 지대.

아빠

실비아 플라스

이젠 안돼요, 더 이상은
안될 거예요. 검은 구두
전 그걸 삼십 년간이나 발처럼
신고 다녔어요. 초라하고 창백한 얼굴로,
감히 숨 한 번 쉬지도 재채기조차 못하며.

아빠, 전 아빠를 죽여야만 했었습니다.
그래볼 새도 없이 돌아가셨기 때문에요—
대리석처럼 무겁고, 神으로 가득찬 푸대자루,
샌프란시스코의 물개와
아름다운 노오쎄트 앞바다로

강낭콩 같은 초록빛을 쏟아내는
변덕스러운 대서양의 岬처럼 커다란
잿빛 발가락을 하나 가진 무시무시한 影像.
전 아빠를 되찾으려고 기도드리곤 했답니다.
아, 아빠.

전쟁, 전쟁, 전쟁의

롤러로 납작하게 밀린
폴란드의 도시에서, 독일어로.
하지만 그런 이름의 도시는 흔하더군요.
제 폴란드 친구는

그런 도시가 일이십 개는 있다고 말하더군요.
그래서 전 아빠가 어디에 발을 디디고,
뿌리를 내렸는지 말할 수가 없었어요.
전 결코 아빠에게 말할 수가 없었어요.
혀가 턱에 붙어버렸거든요.

혀는 가시철조망의 덫에 달라붙어 버렸어요.
전, 전, 전, 전,
전 말할 수가 없었어요.
전 독일 사람은 죄다 아빠 줄 알았어요.
그리고 독일어를 음탕하다고 생각했어요.

저를 유태인처럼 칙칙폭폭 실어가는
기관차, 기관차.
유태인처럼 다카우, 아우슈비츠, 벨젠으로.
전 유태인처럼 말하기 시작했어요.
전 유태인인지도 모르겠어요.

티롤의 눈, 비엔나의 맑은 맥주는

아주 순수한 것도, 진짜도 아니에요.
제 집시系의 선조 할머니와 저의 섬뜩한 운명
그리고 저의 타로 카드 한 벌, 타로 카드 한 벌로 봐서
전 조금은 유태인일 거예요.

　　　．　．

전 언제나 아빠를 두려워했어요.
아빠의 독일 空軍, 아빠의 딱딱한 말투.
그리고 아빠의 말쑥한 콧수염
또 아리안족의 밝은 하늘색 눈.
기갑부대원, 기갑부대원, 아, 아빠—

神이 아니라, 너무 검은색이어서
어떤 하늘도 삐걱거리며 뚫고 들어올 수 없는 十字章(卍)
어떤 여자든 파시스트를 숭배한답니다,
얼굴을 짓밟은 장화, 이 짐승
아빠 같은 짐승의 야수 같은 마음을.

아빠, 제가 가진 사진 속에선
黑板 앞에 서 계시는군요.
발 대신 턱이 갈라져 있지만
그렇다고 악마가 아닌 건 아니에요. 아니,
내 예쁜 빠알간 심장을 둘로 쪼개버린

새까만 남자가 아닌 건 아니에요.

그들이 아빠를 묻었을 때 전 열 살이었어요.
스무 살 땐 죽어서
아빠께 돌아가려고, 돌아가려고, 돌아가 보려고 했어요.
전 뼈라도 그럴 수 있으리라고 생각했어요.

하지만 사람들은 저를 침낭에서 끌어내
떨어지지 않게 아교로 붙여버렸어요.
그리고 나니 전 제가 해야 할 일을 알게 되었어요.
전 아빠를 본받기 시작했어요,
고문대와 나사못을 사랑하고

『나의 투쟁』의 표정을 지닌 검은 옷의 남자를.
그리고 저는 네 그렇게 하겠습니다, 네 그렇게 하겠습니다 하
고 말했어요.
그래서, 아빠, 이젠 겨우 끝났어요.
검은 전화기가 뿌리째 뽑혀져
목소리가 기어나오질 못하는군요.

만일 제가 한 남자를 죽였다면, 전 둘을 죽인 셈이에요.
자기가 아빠라고 하며, 내 피를
일년 동안 빨아마신 흡혈귀,
아니, 사실은 칠년이지만요.
아빠, 이젠 누우셔도 돼요.

아빠의 살찐 검은 심장에 말뚝이 박혔어요.

그리고 마을 사람들은 조금도 아빠를 좋아하지 않았어요.

그들은 춤추면서 아빠를 짓밟고 있어요.

그들은 그것이 아빠라는 걸 언제나 알고 있었어요.

아빠, 아빠, 이 개자식, 이젠 끝났어.

윤준 · 이현숙 옮김

파시스트적인 권력
의 대명사 아버지.
물론 실제적 아버지와 상징적 아버지는 다르다. 실비아 플
라스(Sylvia Plath)의 실제 아버지는 보스턴 대학 생물학 교
수이자 벌 연구가였는데 그녀가 여덟 살이 채 못되었을 때
사망한다. 그녀는 평생 동안 일찍 죽은 아버지를 그리워하
여 격렬한 죽음 충동에 시달렸고 또한 동시에 죽음 너머에
서까지 자신을 지배, 조종하는 '폭력적 아버지로부터의 해
방'을 간절히 원했다고 한다.

　이 시의 마지막 구절 '아빠, 아빠, 이 개자식, 이젠 끝났
어'라는 구절만큼 한국 현대 여성시에 큰 영향을 미친 시구
는 없을 것이다. 파시스트적 아버지에의 부정에서 솟구쳐
나온 이 절박한 비어의 발설은 중심 해체와 로고스 남근 중
심주의를 부정하는 포스트모더니즘의 기류와 합쳐져 한국
여성시의 의식과 표현에 큰 변화를 미쳤다. 자신의 증오를
표현하는 용감성도.

　아버지의 죽음 이후 그녀는 교사로 일했던 어머니와 함께
살면서 고교 시절부터 시를 써서 유명해졌고 풀브라이트 장
학금을 받아 케임브리지 대학에 가서 공부하다가 영국 시인
테드 휴즈와 만나 결혼하였다. 야성적이고 어두운 마적 에
너지를 돌연 보이곤 하는 시인 테드 휴즈와 갑자기 결혼한
것도 그녀의 '아버지 콤플렉스'를 보여주는 사건으로 볼 수

있다. 신경쇠약으로 두 번이나 자살을 시도했으며 결국 세 번째 자살 시도로 그해(1963년) 가장 추운 겨울날, 런던에서 죽는다. 겨우 31세!

잠시 미국으로 이사해 살았던 26세 때는 보스턴 대학에서 로버트 로월의 시 창작 강의를 청강하면서 시인 앤 섹스턴을 만나 우정을 나누었는데 앤 섹스턴도 역시 신경쇠약으로 몇 차례나 자살 시도의 경험이 있었기에 두 사람은 핏속에서 우러나오는 따스한 교류와 공감을 나누었다고 한다.

당시의 우정에 관해 앤은 인터뷰에서 "실비아와 나는 로월의 강의가 끝나면 나의 고물 포드 자동차를 타고 우루루 리츠로 가서 마티니를 서너 잔씩 마시곤 했어요. 우리는 서비스로 나온 포테이토 칩을 먹으면서 우리들의 첫번째 자살 기도에 대해 이야기를 길게 나누곤 했습니다. 자살이란 결국 시와는 상반되는 것입니다. 실비아와 나는 종종 정반대로 이야기했어요. 우리는 활활 타오르는 불길처럼 강렬하게 죽음을 이야기했고 두 사람 모두 전구 속으로 빨려 들어가는 나방처럼 죽음을 흡입하면서 그리로 끌려 들어갔습니다. …(중략)… 그녀는 증오의 시를 썼는데 이것은 감히 내가 써보려고도 해보지 못한 것이었어요. 아무도 그녀의 「아빠」에 비견할 만한 시를 쓸 수 없을 거예요. '아빠, 개자식, 이젠 다 끝났어'라는 구절이 말하듯 오만함 같은 것이 있었어요" 라고 말했다.

몇년 뒤인 1974년에 앤 섹스턴 역시도 수면제 과용으로
세상을 떠났다. 46세에.

생일을 위한 시

실비아 플라스

6. 마녀 화형식

장터에선 사람들이 마른 나무토막을 쌓아올리고 있어요.
그림자의 덤불은 누추한 코트. 난 나 자신의 밀랍 像인
인형의 몸뚱어리에서 살고 있어요.
여기에서 병은 시작됩니다. 나는 마녀들의 과녁판.
악마만이 악마를 먹어치울 수 있지요.
붉은 잎의 달에 난 불의 침대로 기어올라가요.
어둠을 나무라기는 쉽지. 門의 입,
지하실의 배〔腹〕. 사람들이 내 불꽃을 불어서 꺼버렸어요.
까만 껍질의 숙녀는 나를 앵무새 새장 속에 가두네요.
죽은 사람들의 저 커다란 눈!
나는 털북숭이 유령들과 친한 사이예요.
연기가 이 텅 빈 유리병 주둥이에서 방향을 바꾸는군요.

전 조그마할 때엔 남을 해치지 못해요.
　이리저리 돌아다니지 않으면, 아무것도 뒤집어엎지 않을 거예
요. 쌀알처럼
　작고 둔한 냄비뚜껑 밑에 앉아서 난 그렇게 말했죠.

사람들은 원형으로 버너의 불길을 세게 하고 있어요.

우리는 전분으로 가득 차 있지요, 내 희고 작은 친구들. 우리는
자라나요.

처음엔 아파요. 빠알간 혀가 진실을 가르쳐줄 거예요.

어미 딱정벌레여, 손을 벌려만 주세요.

난 불에 그슬린 자국 하나 없는 나방이마냥 양초의 입을 지나
날아갈 테니까요.

내 형체를 돌려주세요. 난 돌 그림자 속에서 먼지와 짝지운
날들을 해석할 준비가 되어 있답니다.

내 발목이 빛나요. 밝은 빛이 내 넓적다리까지 올라오는군요.

이 모든 빛의 의상 속에서 난 길을 잃었어요, 길을 잃었어요.

윤준 · 이현숙 옮김

실비아 플라스

연작시 「생일을 위한 시」 중 여섯번째 시편. 마녀들이란 누구인가? 남자들이 알아듣지 못하는 말을 하는 여자가 마녀라고 한다. 가령 『맥베스』에 나오는 '살고 싶으면 죽은 체하라/죽은 체하고 있으면 삶이 온다'라는 말이 마녀 언어의 문법을 잘 보여준다.

그것은 선/악, 명/암, 나(자아)/그것(타자), 상/하, 남/녀라는 철저한 이분법에 기초한 (성서 중심의) 로고스 중심주의를 해체하고 뱀처럼 어둠을 틈타서 그 경계를 넘어가는 언어이다.

포스트모더니즘이 신주처럼 떠받들고 있는 '경계선을 넘어서(Beyond the Boudaries)'라는 명제는 바로 이 마녀들의 말에서 영감을 받은 것이 아닐까? 유일신의 업적인 투명한 구획짓기(zoning)를 위반하려는 검은 욕망의 말들. 그러기에 마녀의 말은 수상한 말이고 제정신을 가지고서는 이해가 되지 않는 말이고 끊임없이 지성을 파괴하고자 하는 욕망, 즉 쓰여질 수 없는 것을 쓰고자 하는 기능의 말(메리 야코부스)이며 배로 기어 다니는 파충류의 말이다.

라캉(Jacques Lacan)은 사회적 언어(상징계) 속으로 들어가기를 거부한 여성들의 위험성을 '비사회화된 채 정신병적이며 자폐증이 되고 만다'라고 지적한다. 한 어린아이, 즉 주체가 나/너 합일적인 꿈같은 '거울 단계'를 지나 상징계에 진입하여 언어 체계를 획득하면서 자신을 규정하고 거기에서 자신의 성, 젠더를 확고하게 부여받는데 그것을 통해 결국 '나'라는 자아의 허구를 구축하게 된다는 것이다. 라캉조차도 '아버지의 이름 속에서 살기'에서만 건강을 본다.

남근은 지배적 기표이며 그런 라캉의 언어관 속에서 여성성은 영원한 결여로 정의될 수 있을 뿐이다. 여성은 틈이며 침묵이며 비가시적이고 비청취적이며 무의식 속에 억압된 것이 된다. 가부장적인 아버지의 이름을 통해 언어와 주체성이 형성되는 바로 그 지점에서 주체는 쪼개어지고 표현될 수 없는 상상계적인 것, 여성적인 것은 무의식 속에서 억압된다. 그곳에서부터 프랑스 페미니스트들의 라캉에 대한 비판이 전개된다.

그 억압된 것들을 줄리아 크리스테바(Julia Kristeva)는 '기호계(The Semiotic), 기호적인 것, 코라'라고 부르면서 여성적인 것들은 기호적인 것 속에 남아 있으며 가부장적 담론 속에서 모순과 역설, 통사론적 골절상, 무의미한 횡설수설, 침묵의 지점에서 접근될 수 있다고 본다.

만일 상징적인 것이 아버지의 법이라면 기호적인 것, 코라는 그 안에서부터 질서를 부수는 것이 될 것이며 그것은 시인의 언어에 가까운 것이 될 것이다. 그러기에 아방가르드 예술가들과 여성적인 것은 아주 가까운 것이라고 크리스테바는 본다. 따라서 여성들의 언어가 왜 마녀들의 언어에 가까운가, 하는 것을 크리스테바의 코라 기호학을 통해 이해해 볼 수 있다. 그러나 크리스테바적 읽기에서 아방가르드 남성 예술가와 여성들의 글쓰기는 차이를 내지 못한다는 흠도 있다.

재미있는 해외토픽 한 가지! 2001년 여름 현재, 콩고 민주공화국에서는 '마녀 사냥'이 한창이라고 한다. 에이즈와 각종 전염병이 만연하고 기아로 민심이 흉흉해지면서 분노한 주민들의 '마녀 사냥'으로 20여 일 동안 400여 명이 '마녀'라는 낙인을 받아 처형되었다고 로이터 통신은 전한다.

그들에게 마녀란 누구인가?

'족장이 뿔 나팔을 불어 주민을 소집할 때 나타나지 않는 사람'이 마녀?

땅의 사람들 8
— 어머니, 나의 어머니

고정희

내가 내 자신에게 고개를 들 수 없을 때
나직이 불러본다 어머니
짓무른 외로움 돌아누우며
새벽에 불러본다 어머니
더운 피 서늘하게 거르시는 어머니
달빛보다 무심한 어머니

내가 내 자신을 다스릴 수 없을 때
북쪽 창문 열고 불러본다 어머니
동트는 아침마다 불러본다 어머니
아카시아 꽃잎 같은 어머니
이승의 마지막 깃발인 어머니
종말처럼 개벽처럼 손잡는 어머니

천지에 가득 달빛 흔들릴 때
황토 벌판 향해 불러본다 어머니
이 세계의 불행을 덮치시는 어머니
만고 만건곤 강물인 어머니
오 하느님을 낳으신 어머니

고정희

시인 고정희는 한국
현대 여성주의 시의
야성적 개척자이자 대모(大母)적 존재. 안티고네처럼 폭력
적 아버지의 이름에 저항하기 위해 독재 정치에 항거했고,
기독교인이면서도 '하나님−아버지'보다 '하느님−어머니'
를 생각했으며 '여성−최후의 식민지'를 해방하기 위해『여
성해방 출사표』를 썼고 또한 자본·권력에 억압된 모든 주
변부적 존재들, 민중(노동자, 농민, 소외 계급)이 사실 여성
과 같은 타자의 입장에 있다는 것을 인식했던 시인.

그녀는 여성시의 영역을 드넓게 확장시켰으며 모든 여성
현실을 담론화하기 위해 온몸을 던져 치열한 노력을 '바쳤
다'. '부친 통치'의 파워 리얼리티에 깊은 균열을 파놓은 아
마조네스.

사임당이 허난설헌에게

고정희

정실부인론을 곡함

그러나 허 자매
다시 거듭거듭 걱정하거니와
오늘날 해동의 어여쁜 여자들이
현모양처 허상에서 깨어나기란
일부일처 관습이 대세를 이루는 한
분단장벽보다 어려울 것이외다
요즘 시국관으로
사회변혁운동이란 말이 유행이라 들었사외다 이
사회변혁운동에서 가장 큰 걸림돌이
바로 부르주아 중산층 계급이라 들었사외다
버릴 수도 취할 수도 없는 계급
관습유지의 보호막인 계급
생각은 많으나 믿을 수 없는 계급
이미 체제에 순응하고 있는 계급
이것이 바로 중산층이라면
그것의 받침목은 중산층 부인들이 아닐 수 없사외다
말하자면 현대판 정실부인들이외다

이 말을 새겨듣기 바라외다
일례로 며칠 전 우주위성중계를 통해
여의도 텔레비전 방송에서 벌어지는
집중 여자토론회를 시청했사외다
그곳에 초청된 모든 정실부인들은
조선조 여자관을 빼다 박았더이다
시국의 변화에는 아랑곳없되
여자 일 남자 일 따로 있어서
여자는 밥하고 빨래하고 아이 기르는 일에
한치도 벗어나선 안된다는 것이외다
이 어찌 가슴 치지 않을 수 있으리까
일찍이 이익이 잘못했던 말,
여자는 학문을 해서도 안되고
재능을 날려서는 나라의 재앙이다, 엄포를 놨던 말이
우아한 유령으로 살아 있단 뜻이외다

대저 일부일처제란 무엇이니까
여자를 소유로 보자는 내막이외다
정실부인이란 무엇이니까
소실과 첩을 엄중히 처단하잔 여자율법이외다
소실과 첩이란 무엇이니까
기둥서방 문화의 희생물이외다
기둥서방 문화란 무엇이니까
무릇 남자의 성기 밑에

여자의 자궁을 예속시키자는
영원무궁한 음모이외다
그러므로 정실부인의 반열에 든 여자들은

여자가 여자 자신의 적이다, 이 말을
거의 선진적으로 깨우쳐
스스로 만든 장벽 넘어가지 않는다면
탄하노니
여자 절개의 무게 태산과 같고
여자 목숨의 무게 깃털과 같다 한들
오천년 피눈물이 부족하단 뜻이니까
저승 여자들이 줄지어 곡하외다

고정희

신사임당과 허난설헌, 두 분 다 가부장제 안에서 생성된 어떤 '여성 신화'를 대표하는 여성들임에는 틀림없다.

신사임당은 가부장 이데올로기가 최고의 여성으로 떠받드는 '모성 신화'(이율곡의 어머니이면서 살아있는 작품을 남긴 여성 예술가)의 상징이며 허난설헌은 그 가부장제의 인사이더로 살 수밖에 없었던 당대 여성들의 질곡과 여성 자아의 뜨거운 분노, 희생물-자아로서의 고통들, 자유와 해방에 대한 한없는 비극적 갈구를 보여준다는 점에서 '또 하나의 여성 신화'의 상징이 되었다.

난설헌은 유교주의적 결혼과 인습 안에 살았으면서도 그 위계를 완전히 받아들이지 않았던 '인사이드 아웃사이더'로서, 사임당에 비해 비극과 갈등으로 점철된 삶을 살았다.

그러나 고정희의 이 시에서 '여성 신화'의 상징인 사임당이 오히려 정실부인을 '기둥서방 문화의 희생물'이라 통렬하게 비판하며 '정실부인' '현모양처'가 남성중심주의가 만들어낸 허상이라고 폭로하고 있다. '가부장적 여성 문화' 뒤집기의 통렬한 반-언술(Counter-Discourse).

가정 주부

앤 섹스턴

어떤 여자들은 집과 결혼한다.

그것은 또 다른 종류의 피부 : 그것은 심장을 가졌고,

입을 가졌고, 하나의 간과 똥들을 가졌다.

벽들은 불변하며 핑크빛이다.

보라 그녀가 하루 종일 어떻게 앉아

충실하게 제 자신을 씻어 내리고 있는가를.

남자들은 강제적으로 들어간다, 요나처럼 되돌아와,

그들의 살의 엄마들에게 들어간다.

여자는 그의 엄마다.

그것이 중요한 일이다.

여자들은 때때로 집이다. 살덩어리를 가진 엄마들이다. 남자들은 요나처럼 여자의 뱃속으로 되돌아가야 한다. 강제에 의하여. 가부장제는 엄마일 수 있는 여자를 기르는 것인지도 모른다.

이 시는 아들 둘 낳은 한국 여자가 때때로 "난 아들 셋을 키우고 있어요"라고 말하는 것을 연상시키는 시다.

"스물여덟이 될 때까지 나는 화이트 소스나 아기 기저귀 채워주는 것말고도 내가 할 수 있는 일이 뭔가 있다는 사실을 모른 채 나 자신을 묻어두었어요. 나는 창의적인 저력이 있다는 것을 몰랐습니다. 나는 미국의 꿈, 중산층 부르주아 꿈의 희생자였습니다. 내가 원하는 것은 조그마한 삶, 결혼하고 아이들을 갖는 그런 것이 전부였습니다. 나는 나를 괴롭히는 악몽들, 비전들, 그리고 악마들을 충분한 사랑으로 꼼짝못하게 할 수만 있다면 이것들은 사라지려니 생각했습니다. 나는 전통적인 삶을 꾸려가려고 최선을 다했습니다. 왜냐하면 그것이 내가 자라온 식이고 또 내 남편이 원하는 것이기도 했으니까요. 그러나 악몽을 몰아내기 위해 우리가 흰색 말뚝 울타리를 칠 수는 없는 노릇입니다. 내가 스물일곱 살이 되었을 때 얼음장이 깨어진 것이지요. 나는 정신이상을 일으켰고, 스스로 목숨을 끊으려 했습니다."

앤 섹스턴(Anne Sexton)은 인터뷰에서 이렇게 고백했다. 이러한 체험에서 「가정 주부」란 시는 쓰여졌다고 한다. 1961년 33세에. 33세에는 확실히 무언가 큰 각성과 결단이 오는가 보다.

처음 그녀가 의사에게 "나는 아무 쓸모도 없는 바보예요. 내가 할 수 있는 것이라곤 아무 것도 없어요"라고 말하자 의사는 "당신은 새기 쉬운 자아를 가졌어요. 그러나 자신을 죽이면 안됩니다. 당신의 시가 언젠가는 어느 누구에게 중요한 의미를 갖게 되는지도 모르지 않습니까?"라고 말했다. 정신 치료는 그녀의 초기 시의 주제가 되었다. 후에 그녀는 「당나귀를 타고 도망치거라」「살자」「당신 없이 18일」(퓰리처상 수상작)을 썼다.

케이트 밀레트(Kate Millett)는 마르크스의 사상을 빌려 '가부장제하에서 소유권의 개념은 여성을 재산으로 보는 단순한 기원으로부터 나아가 물품과 토지와 자본의 사유권으로 진보했다. 여성의 남성 종속에서 엥겔스와 마르크스는 후속되는 모든 권력 구조와 모든 불공평한 경제적 관계, 그리고 억압 자체의 영향력 등이 역사적, 개념적 원형을 보았다'는 언급을 통해 여성 억압의 가부장제와 자본주의의 관계를 지적한다.

죽음의 아이
— 꿈

앤 섹스턴

난 얼음으로 만든 아이였어.
그리고 푸른 하늘이 되었지.
내 눈물은 두 개의 유리구슬이 되었어.
내 입은 말없는 울부짖음으로 굳어져 갔어.
그게 꿈이란 것이라고는 하지만
난 더 뚜렷이 기억해.

내 여동생은 나이 여섯에
밤마다 내 죽음을 꿈꾸었어.
"아이가 얼음이 되었어,
누군가가 그녀를 냉장고에 넣어서
아이스 케이크처럼 딱딱하게 되었지"

나는 리버 소시지가 풍기던 악취를 기억해.
내 몸이 쟁반 위 마요네즈와 베이컨 사이에
어떻게 놓여져 있었던가를.
냉장고 소리가 멈추었어.
우유병이 마치 뱀소리를 내었지.
토마토가 그 내장을 토해내고

캐비어는 용암이 되었어.
피멘토 치즈가 큐피드처럼 키스를 했어.
나는 바다가재처럼 움직였다.
천천히 천천히.
공기는 갑갑하고
충분치도 않았었지.

나는 개들의 파티장에 있었어.
나는 그들의 뼈다귀가 되고
신선한 칠면조 고기처럼
그 개집에 놓여져 있었어.
이건 내 여동생의 꿈이지만
난 그것이 조각조각이 떨어져 나간 것을 기억해.
톱밥이 깔린 마루바닥, 분홍빛 눈
분홍빛 혀 그리고 이빨, 손톱에서 풍기는
질병의 냄새를.
나는 모세처럼 끌려나와
커다란 잉어처럼 뛰어오르는
열 마리의 성난 황소 같은
열 마리의 보스톤 불테리어 개
앞발에 짓밟혔지.
처음에 나는 사포처럼 거친
천에 싸였어. 그리고
나는 청결해졌어.

그리곤 내 팔이 사라져버렸다.
나는 조각조각 떨어져 나갔다.
놈들은 내가 완전히 사라져버릴 때까지
나를 사랑했었다.

손홍기 옮김

앤 섹스턴

누군가에 의해 냉동 칸 안에 넣어져 얼어붙은 얼음 아이가 된 여성 악몽. 누군가의 식욕에 의해 먹히는 존재로서의 여성 악몽.

남성중심 사회에서 음식의 텍스트와 성의 텍스트는 함께 간다.

한없이 온순하고 수동적인 여성 자아 '나'는 아이스 케이크가 되기도 하고 마요네즈와 베이컨 사이에 누워 있는 리버 소시지, 혹은 바다가재가 되었다가 개들의 파티장에서 그들에게 먹히는 칠면조 고기가 되기도 한다.

'나는 조각조각 떨어져 나갔다/놈들은 내가 완전히 사라져 버릴 때까지/나를 사랑했었다'. 사랑한다는 것과 완전히 잡아먹는 것이 동의어일 수도 있는 것이다.

좀더 '먹음직스러운' 성(性)이 되기 위해 애쓰는 이 시대의 자본제적 욕망을 차마 모른다고 할 수 있겠는가?

집을 뜯어먹는 짐승

김정란

우리집은 방학동에 있다 그건 서울이라는 거대한 〈안〉의 아슬아슬한 북쪽 경계선에 겨우 달랑달랑 턱걸이를 하고 있는 셈인데 나는 그 〈안〉과 〈밖〉의 아삼삼한 경계선이 내 삶의 꼴과 썩 잘 어울린다고 생각하고 있다 말하자면 내 사는 꼴이라는 게 어디 여기저기 아무데도 발 못 딛고 머리 싸매고 끙끙 밖으로만 거기 뭐가 있다고 정작 거기 뭐가 있더라도 그 무엇은 생전 가야 날 아는 체도 않는데 나 혼자 애가 달아서 밤낮으로 내 존재를 나에 대한 무관함으로 만들며 앙앙불락

나는 매주 두 번씩 원주로 밥벌이하러 간다 길바닥에서 내 인생의 삼분지 일은 저문다 내 인생은 길바닥 위에 있다 가고 오고 오고 가고 그리고 나는 서울 사람도 원주 사람도 아니다 홍 마땅하시도다 내 헤매는 영혼에게 적절한 밥벌이의 모양을 베풀어주신 공의로우신 산업사회여 나는 자꾸만 지친다 차 안에서도 집에서도 매일 잠만 잔다 자도 자도 졸립기만 하다 나는 아마 잠에게 먹히고 말 것이다

원수 같은 지하철을 두 번 갈아타고 또 마을버스를 타고 한참을 가야 13층에 있는 우리집에 간다 거의 틀림없이 새카만 오밤

중이다 지하철에서 내려서 서둘러 역을 빠져나가야 버스를 타고 자리에 앉을 수 있으니까 나는 어떻게 너무 노골적으로 서둘지는 않고 적당히 우아하게 서둘러서 역을 빠져나온다 우리집은 마을 버스가 가는 길에서도 또 〈맨끝〉이니까 나는 마을버스 제일 구석 자리에 가서 앉는다 그곳에 앉아서 또 고개를 푹 숙이고 존다

어쩌다 유리창을 바라보면 잠깐 비수처럼 날카롭게 반짝이는 눈빛이 내 지친 얼굴 속에서 튀어나오는 때도 있다 또 너니 나는 시큰둥하게 인사한다 난 그놈을 요즘 들어 자주 만나지 그래봤자 저나 나나 따로따로 사는 형편이므로 새삼 반갑게 인사할 것도 없지 두 귀가 뾰족한 그놈은 송송 솜털 보송보송한 얼굴을 빠꼼 내밀고 마을버스 안을 둘러보기도 하고 유리창을 향해 혓바닥을 쪽 빼물기도 하고 내 얼굴을 마구 꼬집어 뜯기도 하고 그런다 나는 참 여전하구나 나이 안 먹을 거니 하고 물어본다 그놈은 제 눈 빛의 비수를 뽑아 내 큰골을 되는 대로 후비면서 얘는 미쳤니 뭐 먹을 게 없어서 나이를 먹니 하고 대답한다 집에 도착할 때쯤 그 놈은 다시 내 안 어디론가 숨어버린다

밤중에 이상한 한기가 들어서 잠에서 깬다 그놈이 글쎄 아작아 작 집을 씹어먹고 있는 거야 집이 점점 없어진다 그리고 애들도 남편도 죄 어디로 사라지고 나만 달랑 교교히 초승달빛에 휩싸인 도봉산 자락 아래 지붕이 날아간 고층 아파트 꼭대기에 무슨 여 사제라고 잠옷 자락 휘날리며 서 있다 오 망할 암시여 나는 우리 집이 13층에 있다는 걸 기억해낸다 열두 달 너머의 어느 세월이

날 이렇게 가파른 곳으로 밀어올린 것인가 난 가만히 얼굴을 쓸어본다 맙소사 눈이며 코며 입이며 죄 묻어나온다 그 사이에도 그놈은 아작아작 맛있게 집을 뜯어먹고 있다

알겠니 난 언제나 여기 있어 날 모르는 체하는 건 네 맘이지만 그렇다고 내가 없는 건 아냐 조심해 넌 벌써 아주 멀리까지 와버린 거야 문제는 절대로 뒤로 돌아갈 수 없다는 거지 그게 저주이고 축복인 걸 너 자신이 제일 잘 알걸 딴전 피지 마 반짝 그놈의 눈빛이 초승달빛에 반짝였다 나는 텅 빈 얼굴로 달을 향해 선다 감당할 수 있게 해줘요 어머니 지금은 〈바깥〉인 집을 견딜 수 없어요 어머니 아직은 때가 아니에요 어머니 강하게 해줘요 어머니 이 길을 마저 걷게 해줘요

나는 아기처럼 푹 잔다 어느 거대한 품에게는 〈안〉인 〈바깥〉에 포옥 안긴 채

김정란

언젠가 한 여성 시인
이 집에 불을 지르고
그 불꽃 속에서 타죽었던 일이 있었다. 벌써 지나간 지 오
랜, 전설적인 자기-화형의 의식이었다. 그때 김정란 시인
과 전화를 나누면서 나는 그녀가 얼마나 타인의 아픔에 대
해 민감한지, 얼마나 영혼의 불가사의한 감응력을 가지고
있는지를 전율적으로 느낄 수 있었다.

때로 그녀 시의 어조는 울먹이는 듯한 호소의 떨림을 담
고 있으며 말들 사이의 어긋남, 통사론적 골절상, 공백들과
간격, 그리고 호소의 어조에서 나는 막대한 여성 언어의 힘
을 느낄 수 있다. 안니 르클레르크의 촉구처럼 '압제자의
언어가 아닌 어떤 언어, 즉 말을 못하게 하는 것이 아니라
혀를 풀어주는 언어를 발명해내는' 시적 언어의 혁명을 느
낀다는 것이다.

그러한 여성 언어의 육체 만들기는 하나의 정치적인 몸짓
이며 남성중심의 이성으로 식민화되어 있는 영토를 가로질
러 안/밖, 지성/짐승, 사람/도깨비의 이분법적 금 위에 아슬
아슬 걸쳐 살기이며 '집'을 나가 바깥과 안을 휘저어놓기와
공명(共鳴)하는 작업이다.

이 가부장제적 사회에서 여성의 시간은 오직 13이라는
숫자와 관계될 뿐인지도 모른다. 김정란이라는 존재 자체가
나에게는 아날로그 시계 바깥에 있는 신령한 숫자 13처럼

느껴질 때가 있다. 아라비아 칼의 모습을 닮은 초승달(야생의 영역)이거나.

칼로 사과를 먹다

황인숙

사과 껍질의 붉은 끈이
구불구불 길어진다.
사과즙이 손끝에서
손목으로 흘러내린다.
향긋한 사과 내음이 기어든다.
나는 깎은 사과를 접시 위에서 조각낸 다음
무심히 칼끝으로
한 조각 찍어올려 입에 넣는다.
"그러지 마. 칼로 음식을 먹으면
가슴 아픈 일을 당한대."
언니는 말했었다.

세상에는
칼로 무엇을 먹이는 사람 또한 있겠지.
(그 또한 가슴이 아프겠지)

칼로 사과를 먹으면서
언니의 말이 떠오르고
내가 칼로 무엇을 먹인 사람들이 떠오르고

아아, 그때 나,
왜 그랬을까……

나는 계속
칼로 사과를 찍어 먹는다.
(젊다는 건,
아직 가슴 아플
많은 일이 남아 있다는 건데.
그걸 아직
두려워한다는 건데.)

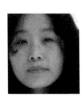

황인숙 시인을 나는 어딘지 '메리 포핀스' 같다고 생각한다. 메리 포핀스처럼 어딘지 현실/탈(脫)현실의 금 위에 가볍게 서 있는 존재의 탄력과 긴장을 가진 것처럼 보이며 기지와 유쾌한 힘으로 넘쳐난다.

「칼로 사과를 먹다」에서도 세상의 금을 밟고 서 있는 유쾌한 시인의 모습이 보인다. '칼로 음식을 먹으면/가슴 아픈 일을 당한대'라는 금기의 선 위에서 시인은 그 선을 살짝 뛰어넘기도 하고 잠시 망설이며 그 선을 노려보기도 한다.

그 풍속적 금기의 말에 갇혀 있는 '언니'는 여성들이 흔히 일상생활에서 보여주는 타자로서의 식민화된 멘탈리티를 보여주고 있다. '칼로 음식을 먹으면 가슴 아픈 일을 당한다' '여자는 다듬이돌에 앉으면 석녀가 된다' '여자가 문지방에 서 있으면 불행해진다' 등등.

이런 종류의 전래(傳來) 타부들은 어디에서 온 금지의 말들일까? 그것들은 딱히 진리성을 증명할 길이 없기 때문에 비이성적이고 그렇기 때문에 의식만이 아니라 무의식까지를 파고들면서 더 공포와 권력을 갖는다.

여성들은 그런 전래되어오는 불행의 담론에 예민하다. 무언가 창조적 주체-자아로 살아보지 못하고 대상으로만 살아온 종족의 식민지화된 심리를 보여준다고 할 수 있다. 대상이 되는 것은 궁극적으로 공포와 피해망상을 자기 것으로 감수하고 풍속의 거짓말에 계속 참여한다는 것을 의미한다.

그러나 메리 포핀스 황인숙 시인은 언니의 피해에 젖은 그 말에서 '칼로 무엇을 먹이는 사람 또한 있겠지'로 나아가면서 '내가 칼로 무엇을 먹인 사람들'을 생각하는 데까지 나아간다. 그것이 그녀의 능동적인 전복의 상상력이다.

피해/가해의 입장을 얼른 바꿔보며 식민화된 대상으로서의 음울함을 훌쩍 던지고 그 금지의 선을 가벼이 가로질러 간다. 그것이 황인숙의 '메리 포핀스'스러운 유쾌한 전복의 힘이다. 그리고도 우리의 유쾌한 시인은 '계속/칼로 사과를 찍어 먹는다'. 그것을 나는 탈주의 제의라고 부르련다.

어떤 족보

최영미

아브라함은 이삭을 낳고 이삭은 야곱을

야곱은 유다와 그의 형제를 낳고

유다는 다말에게서 베레스를 낳고

베레스는 헤스론을 헤스론은 람을

람은 암미나답을 낳고

다윗은 우리야의 아내에게서 솔로몬을 낳고

솔로몬은 르호보암을 낳고 르호보암은 아비야를……

(허무하다 그치?)

어릴 적, 끝없이, 계속되는 동사의 수를 세다 잠든 적이 있다

최영미

끝없이 아버지가 아들을 낳는, 가부장중심주의의 이 이상한 족보. 그 앞에 최초로 의문을 던지는 이 놀라운 여성 시인을 보라.

그러면 솔로몬만 빼고 모두 단성 생식의 소생들이란 말인가? 성서가 보여주는 이런 부권제의 신화 속에서는 우리 살과 피의 원초적 모태인 '어머니'는 단순한 물질로 격하된다.

'어머니(Mother)'는 '물질(Matter)'과 비슷한 발음임에 유의할 것. 서구의 신화와 종교는 '어머니의 정복—어머니의 부정—어머니의 승화'라는 세 가지 단계의 투쟁을 통해 여성 억압을 제조해 왔다고 한다(뤼터).

Personal Computer

최영미

새로운 시간을 입력하세요
그는 점잖게 말한다

노련한 공화국처럼
품안의 계집처럼
그는 부드럽게 명령한다
준비가 됐으면 아무 키나 누르세요
그는 관대하기까지 하다

연습을 계속할까요 아니면
메뉴로 돌아갈까요?
그는 물어볼 줄도 안다
잘못되었거나 없습니다

그는 항상 빠져나갈 키를 갖고 있다
능란한 외교관처럼 모든 걸 알고 있고
아무것도 모른다

이 파일엔 접근할 수 없습니다

때때로 그는 정중히 거절한다

그렇게 그는 길들인다
자기 앞에 무릎 꿇은, 오른손 왼손
빨간 매니큐어 14K 다이아 살찐 손
기름때 꾀죄죄 핏발선 소온,
솔솔 꺾어
길들인다

민감한 그는 가끔 바이러스에 걸리기도 하는데
그럴 때마다 쿠데타를 꿈꾼다

돌아가십시오! 화면의 초기상태로
그대가 비롯된 곳, 그대의 뿌리, 그대의 고향으로
낚시터로 강단으로 공장으로
모오두 돌아가십시오

이 기록을 삭제해도 될까요?
친절하게도 그는 유감스런 과거를 지워준다
깨끗이, 없었던 듯, 없애준다

우리의 시간과 정열을, 그대에게

어쨌든 그는 매우 인간적이다

필요할 때 늘 곁에서 깜박거리는
친구보다도 낫다
애인보다도 낫다
말은 없어도 알아서 챙겨주는
그 앞에서 한없이 착해지고픈
이게 사랑이라면

아아 컴―퓨―터와 씹할 수만 있다면!

최영미

'20세기 후반에 우리 모두는 키메라 (chimera)이자 기계와 유기체가 이론화되고 가공되어진 혼합물인 사이보그이다. 왜냐하면 사이보그가 우리에게 정치학을 제공하기 때문이다. 사이보그는 탈성차(postgender)의 세계에서 만들어진 산물'이라고 「사이보그 선언문」을 쓴 다나 해러웨이(Donna Haraway)는 말했다.

최영미의 저 놀라운 욕망 선언, '컴—퓨—터와 씹할 수 있다면'은 가부장 중심 시나리오 혹은 아버지의 이름 안에서 불평등한 정체성을 부여받을 수밖에 없는 남성/여성이라는 기표로서의 거짓 존재를 벗어나 '인간/동물의 혼합적 존재인 키메라가 혹은 기계/유기체의 혼합물인 사이보그가되어 젠더간의 차이를 붕괴시키자'라는 처절한 외침을 연상시킨다.

아버지의 이름들이 천년세세 복제되어 흘러나오는 남근이라는 자연적 육체성을 거부하고 사이보그와 섹스를 하면 기원으로서의 부모, 원초적 기원 서사도 역사의 이데올로기도 없는 새로운 아담과 이브, 새로운 환웅과 웅녀가 생겨날 것인가? 이 새로운 육체 관계에 더이상 재생산은 없으리라. 다만 젠더화된 육체를 둘러싸고 현재 일어나고 있는 문화적 갈등이나 여성의 성적 지위, 주체성의 구성 및 주체가 현실과 맺는 관계가 아주 새로워질 것이다.

해골의 표정

이상희

해골과 벌거벗은 인체가
절반씩 팔을 벌리고 서 있는
최신중국鍼灸穴位괘도……
머리에 침을 잔뜩 꽂고 누워
그것밖에, 바라볼 게 없다

심심하다

시무룩한 표정이면서도
귀밑까지 찢어지게 웃고 있는
해골의 구강 사이즈대로
입술을 늘여본다

이상희

예민한 감수성, 이글
루처럼 차갑고 투명
한 의식, 미세한 신경증적 무늬. 이상희는 에밀리 디킨슨을
닮았다. 독을 약처럼 조용히 삼킬 수 있다는 점에서 더 그러
하다. 항상 조용한 서정과 형식을 지키며 치열한 내면의 불
을 역설의 언어로 다스린다는 점에서 또 그러하다. 두 시인
다 만년설 같은 흰색의 이미지를 지킨다.

「해골의 표정」은 그로테스크한 시이다. 머리에 침을 꽂고
누워 있는 병상에서 심심함 뒤에 밀려오는 죽음 충동을 해
골의 웃음을 재연(再演)하는 것으로 내보이고 있는 시적 화
자의 이 웃음. 모순을 삼키는 자아의 무정부 상태. 크리스테
바의 코라(Khora)의 침범. 누구에게나 번번이 그리움으로
다가오는 해골 되기의 연습. 유기체로 사는 것의 어려움에
지고 말아 그만 이제 무기물로 돌아가고 싶다는 또다른 니
르바나에의 희구.

심판

석영희

어젯밤
흰 목도리를 두르고
죽으러 갔다
목을 길게 빼고 엎드리니
죄 같은 건 없어도
그냥 넌 죽는다고
누군가 선고하고 곧장
목덜미에 칼이 닿는다
하필이면 단도
재수없이 무딘 칼
왜 무죄일까, 의심하며
절대 무죄가 아냐, 분노하며
어서 빨리 집행이 끝나기만
기다리는데
도무지
끝나지 않는다
목이 썰린다는 게 얼마나 불쾌한 일인지
똑똑히
알아두라는 듯

더럽게 안 드는 칼로

슬로 비디오로

아직도 반쯤

썰린 목을 길게 빼고

피 한 방울 안 떨어진

흰 목도리만

餘生의 그 부우연 빛깔만

눈이 빠져라

내려다보며 한 순간

견디면 끝이지

어서 끝이 끝나기만

또 기다리는데

갑자기

집행이 중지된다

이런 법이 어딨어

목을 반만 달고 미친 년처럼

따지지만

따져도 누구 하나

대꾸하지 않고

형장은 폐쇄된다

짤리다 만 목

흰 목도리로 감고

집으로 가니

죽다 살아와 반갑다고

개들은 월월 짖지만

오, 절대로

무죄가 아냐

석영희는 아마 독자에게 낯선 이름일 것이다. 사실 그녀가 살아 있을 때 지면에 발표한 시편들은 그다지 많지 않았으며 그녀의 돌발적인 죽음 이후에도 미발표 유고의 이름으로 세상에 나온 작품이 하나도 없기 때문이다. 미발표 유고들이 있었다 하더라도 지금까지 남아 있을 수는 없었으리라. 그녀 스스로 집에 불을 지르고 그 불꽃 속에서 시인도 타죽었기 때문에. 시인이 타죽었을 때 그녀의 분신들인 시편들도 다 타버렸으리라……. 불꽃의 화염들 속에 그녀와 시편들은 모두 화장(火葬)되었다. 모든 것을 다 삼켜버린 그 불꽃들을 생각해본다. 화염의 만다라를 마음속에 그려본다.

오스트리아의 천재적 여성 시인 잉게보르크 바흐만도 불에 타서 죽었다. 로마의 한 호텔이었다. 잠들기 전 피우던 담뱃불의 불씨가 침대에 붙어 시인이 수면제를 먹고 잠든 사이 불에 타죽었다는 추정이 있을 뿐이다. 49세의 나이인데도 천재 시인의 요절이라고 난리였다.

잉게보르크 바흐만이 「장미의 벼락 속에서」라는 시 속에 썼던 '우리가 장미의 벼락 속에서/어디로 몸을 돌리든/밤은 가시들로 밝혀지고'라는 시구가 떠오른다. 또한 「파편의 언덕」 중의 한 구절, '저 밑에는 불 붙은 장작들이 있어/혓바닥 같은 불길들이 활활 당겨지고 있다'도.

석영희 시인은 1957년 출생이니까 자살할 당시 아마도 삼십대 중반을 갓 넘어서지 않았을까.

「심판」은 《현대시사상》(1991년 봄호)에 발표된 그녀의 데뷔작이다. 죽음에의 욕망과 쉽게 다가오지 않는 죽음, 유예된 죽음에 대한 갈망과 고통이 노래된다. 심판으로서의 죽음, 무딘 칼로 목이 잘리는 사형 집행이 노래되는데 무죄/유죄 사이 시인의 무의식은 부유하고 '오, 절대로/무죄가 아냐'라고 단정하기도 한다.

어떤 죄의식이 그녀를 가두고 놓아두지 않는다는 것일까? 집행 도중 갑자기 중단된 죽음의 칼은 그녀의 목을 반만 끊어놓았다. 짤리다 만 목, 절반만 붙어 있는 목 위에 흰 목도리를 두르고 그녀는 집으로 간다. '이런 법이 어딨어/목을 반만 달고 미친년처럼/따지지만/따져도 누구 하나/대꾸하지 않고/형장은 폐쇄된다'. 그런 세상에서 그녀는 법을 기대하며 살았다. 아버지의 법, 아버지의 이름으로 오는 세상에서 그녀는 「법 앞에서」의 카프카처럼 법이 열리기를 기대하며 살았지만 어느 순간 그 법의 부조리를 훌쩍 깨달아 버렸다는 것일까?

법이 집행해주지 않는 유예된 죽음을 뛰어넘어 그녀는 스스로 죽음 집행인이 되었다. 카프카와 실비아 플라스를 합성해놓은 것 같은 실존적 부조리에 대한 절실한 항거.

석영희가 자살하고 그 뒤를 이어 이연주가 자살했던 그

뜨거운 문단적 사건은 1963년 실비아 플라스가 자살하고 그 뒤를 이어 신경쇠약을 함께 앓고 있었던, 친구이자 정신적 자매인 고백파 시인 앤 섹스턴이 자살했던 사건을 연상시킨다.

미란에 대하여

석영희

네가 내게도 부질없는 날

검은 곰팡이 핀 방구석에 앉아

사막에서

비단빛 이제는 바랜 도시를 생각한다

한때 나의 이름이었던

옛 도시 미란은 사라졌다고 한다

어느 날 드러난

죽은 이의 잘 마른 가죽 속에도

미란은 없다 고개 숙이고

못박힌 손바닥을 들여다보며

살아 남기 위해 애쓰던 날들을 생각한다

너의 태어남이 한 도시의 몰락 이후였다는 이야기

호수는 여전히 모래 위를 떠돈다는 이야기

신기루 되어 다가와도

속지 말아라 빠른 어둠을 타고

귀없는 벌레들이 울기 시작한다

너와 나 사이에 커다란 사막은

그냥 있어도 괜찮을 것이다

건조한 마음의 일들을 멀리 두고

해묵은 의문을 지우며

어제보다 더 너는 축축해진다

모래옷 한 겹 입고

사막에서 쓰러져 죽는 일

네게는 없을 것이다 오랜 배움에 의해

앉아서 지척을 볼 뿐

천리 밖의 일은 묻지 않는다

그리하여 내가 네게도 지겨운 날

썩어 문드러지던 이름

미란을 생각한다 오를수록 더 깊이 빠지던

개미지옥을 생각한다

그리운 물은 고여 있어도

온몸으로 흐른다는 이야기 나의 죽음이

한 이름의 소멸 이전이라는 이야기

모랫바람 타고 실려 와도

떠도는 이름일 뿐 미란은 없다

있다면 마음 안의 일이 아닐 것이다

검은 곰팡이 한 겹 두르고 안심하며

너는 고개를 끄덕인다

희망을 버리려 애쓴 오랜 날들 뒤의

비단빛 이제는 지워진 도시

너와 나 사이에 집으로 가는 길은

아주 없어도 괜찮을 것이다

사라져버린 도시 '미
란'은 아마도 시인의
옛날 이름이었던 듯하다. '미란'이라는 부드럽고 연약한,
어딘가 사막의 유령 도시 '누란'을 연상시키는 기표를 따라
시인은 한없이 모래의 상상으로 건조하게 떠돈다.

상실, 사라진 도시 미란, 썩어 문드러진 도시 미란, 한없
이 모래 위를 떠도는 시니피앙으로서의 '미란'이라는 이름
을 따라 건조한 시간이 펼쳐진다.

희망은 없다. '호수는 여전히 모래 위를 떠돈다는 이야
기'가 있지만 '신기루 되어 다가와도/속지 말아라 …(중
략)… 너와 나 사이에 커다란 사막은/그냥 있어도 괜찮을
것이다'라고 희망조차 철폐한다.

사실 호수의 희망을, 사랑의 신기루를 계속 지키는 것만
큼 어려운 일은 없지 않은가? '신화나 원형에 기대어 위안
조차 받을 수 없는 사람, 형벌을 받은 사람만이 시를 쓴다'
(이승훈)는 평이 생각난다.

은여우

엄승화

그 작은 나라의 황녀라네

땅 위의 섬

그녀의 공격성과 잔혹한 애잔함

목덜미 물어뜯고 싶게 눈부시다네

은색의 숲 더 더 깊이

발자국 놓쳐

그녀 갈망한 사냥꾼이

표류한다면 볼 수 있다네

그러나

더 끔찍이

포위되어도 좋을 눈 내리는 날의 섬

보호받지만

추적당하는 여럿 중의 하나

그 위험스런 계시는

하얗게 덮쳐와 혼을 빼앗네

빼앗아 이상한 전설 속으로

달아나 버리네

짧은 순간의 섬광

그녀의 종을 빚은 이 그 마음의 시를

읽을 수 있다네

엄승화

아름다움이란 여성
이 휘두를 수 있는

유일한 성 권력이라는 우악스런 담론이 있는가 하면, 엄승
화 시인의 예민한 눈은 그것에서 부서지기 쉬운, 유약한, 파
괴의 폭력 앞에 노출되어 서 있는 위험스러운 한 줌의 숙명
을 읽어낸다.

'은여우'는 아름답고도 영리한, 신비롭고도 외로운, 고결
하면서도 피해 입기 쉬운 매혹적인 어린 여성의 은유가 된
다. 그 아름다움으로 인해 가까스로 '땅 위의 섬'에 살 수밖
에 없는 불안정하면서도 위험스런 존재. 안전지대는 주어지
지 않는다. 그녀의 공격성은 처절한 방어일 뿐. 아름다운 은
여우는 사방에 위험을 거느리고 다니며 또한 사방에 철조망
을 두르고 다니는 이중적 운명 안에 갇힐 수밖에 없다. '보
호받지만/추격당하는' 그녀의 삶. 그녀를 뒤쫓는 '사냥꾼
의 갈망'. 하얀 눈 속에 포위되어, 오도가도 못하는.

'소녀들이 부러워하는 것은 남근 자체가 아니라 남근에
부여된 사회적 자만이다'라는 프로이트의 말은 '소녀들이
부러워하는 것은 남근 자체가 아니라 남근이 소유하는 사회
적 안전이다'로 바꾸어도 좋을 듯하다.

나는 이 너무 아름다워서 괴물스런 '은여우'를 메리 셸리
의 『프랑켄슈타인』에서 기원하여 20세기에 영향을 미친
'여성 고딕(Female Gothic)'의 한 은유로 읽는다. 『문학적

여성들』이란 책을 쓴 모어스는 고딕 소설의 '테러, 감금, 위협' 들을 '여성 삶의 현실'과 동일시한다.

'은여우'는 위험에 노출되어 마치 유리바다 위를 걷는 듯 아슬아슬 움직이며 사는 여성 삶의 현실의 한 은유이기에 충분하다. 은여우란 아름답고 유혹적인 작은 종(種)이면서 아름다운 여성들이 삶에서 고문받듯이 사냥꾼 남성에게 위협으로 고문받기 때문에, 또한 은여우-희생물과 여성-희생물이 잔혹성에 의해 쓰러질 것이라는 점에서 동일하게 읽히기 때문에.

'땅 위의 섬'이 아니라 '바다 속의 섬' 뉴질랜드에 사는 엄승화 시인이 문득 보고 싶다. 은여우라기보다는 은사슴에 아주 가까운…….

흰 백합꽃

이연주

푸줏간 주인의 손아귀에 넘어가
살 다루는 숙련가에게
주검이 처분되고 있다 : 흰 백합꽃

뼈는 토막쳐져 내장은 발발이 끄집혀 끌려나와
담즙을 분비하던 흔적 역력한
입맛 당기는 간,
꽃술은 모태로 돌아간다
긁어낸 태내 아이처럼 속수무책의
무자비한 주검 ; 순결이 절단난 백합 한 송이

입술이 덜덜 떨리는 밤이 아니냐?
어김없이 왕왕 짖어대는 흰 개들의 유령,
백합밭이다
피 묻은 쇠 꼬챙이 손가락들은 에잇, 에잇!

살아남은 자들이 수천 번씩 다짐하는
생존법칙은
순결을 지키는 모든 눈의 정수리를 찍어

시간을 훔쳐내라
푸줏간 귀퉁이에 음산하게 버티고 선
도끼자루에 끼어진 굶주린 식욕의 낮과 밤

흰 백합꽃 — 낙태 전문의의 오른손에서
심란하게 가위질당한다
늙은 독재자의 동첩으로
덤핑 약초로 팔려나가네

세상 잘 모르는 꽃, 두 번씩이나 죽어서도
주검엔 프리미엄이 없어
여리디여린 꽃 이파리.

이연주

이연주의 '흰 백합
꽃'은 순결하고 어린
여성 육체의 상징이다. 이 시인은 여성 육체가 자본주의의
시장에서 한낱 푸줏간에 걸린 살코기와도 같은 물질임을 여
러 차례 노래한 적이 있다. 성(性)의 매매시장이 있고 낙태
의 시장이 있으며 거기엔 낙태 전문의가 있고 늙은 독재자
가 있다. 그 모든 것들은 다 남근 권력자에 의하여 경영되는
것이다. 흰 개, 쇠꼬챙이 손가락, 도끼자루, 가위 등은 남근
의 은유이다.

어리디어린 흰 백합꽃이 늙은 독재자의 동첩(童妾)이거
나 덤핑 약초로 팔려나가는 그 시장 앞에서 시인의 순결한
영혼은 울고 서 있다. 그녀는 자본주의가 모든 것을 화류계
화시키는 이 부패도시의 암거래의 담론을 받아들이기를 끝
끝내 거절했다.

흰 백합꽃 속의 황금빛 꽃술. 음순(이리가레이가 두 입술
이라고 부른)과 음핵이 이루는 그 자체의 아름다움. 뉴 멕시
코의 붉은 사막과 푸른 하늘, 소의 머리뼈와 사막의 꽃들을
사랑하여 평생을 산타페 근처에서 살았던 조지아 오키페가
그린 꽃들은 모두 여성 성기의 은유였다. 그러나 시인의
'흰 백합꽃'은 조지아가 그린 환각적인 신비와 풍요로운 미
(美)이기는커녕 자본에 의해 훼손된 진창이거나 덤핑 약초
일 뿐.

1993년 그녀가 죽었을 때 영안실에서 그녀의 영정을 바라보면서 "저렇게 영정 사진에 어울리는 얼굴은 본 적이 없어"라고 혼자말을 했던 기억이 있다. 검은 안경테 아래 그윽한 미소를 머금고 있던 검고도 큰, 고혹적인 눈동자 때문이었을까. 그녀의 눈빛엔 감각적 초월성이 맑게 담겨진 듯했다.

현대 자본주의 사회에 만연된 섹슈얼리티/정신성, 물질/영혼 사이의 깊은 분리에 대해 온몸을 던져 항거한 그녀. 러시아의 여성 시인 츠베타예바처럼 그녀도 스스로 목을 매달아 자살했다.

노상에서의 휴일

양선희

1

(심한 생리통을 참으면서) 상경하신 아버지를 모시고 서울의
봄구경을 나갔다. 덧칠을 새로 끝낸 회색 건물들 사이로 언뜻언
뜻 보이는 꽃빛에 반해 마음을 다 주고 있는데, 아버지가 캑캑 기
침을 하신다. 택시 창문을 닫아드려도 줄줄 눈물을 흘리신다. 건
네드린 손수건과 물휴지도 무용지물이다. 면역이 생길 만큼 생긴
나는, 아버지 보기가 민망하다. 한참을 망설이고 망설이다 나는,
착용감이 좋아 기분이 상쾌하고 흡수력이 기적적인 생리대 뉴 후
리덤을 꺼내서, 아버지 얼굴을 덮어드렸다. 스타일은 좀 구기지
만 그래도 이것 덕분에 위기를 넘기겠다고, 아버지는 허허 웃으
신다. 쥐구멍에라도 들고픈 시간 곁에 서 있는 신호등은 여전히
붉은 색이다.

2

올 때가 지나도 오지 않는
제비를 기다리는 우리들 가없는 눈길에
지랄탄 퍼부으며 지랄하는
병 깊은 이 한세월을 눕힐 곳은 안 보이고
잠긴 목으로 누가 아리아를 부른다.

오! 내게 희망을 돌려주든지
나를 죽게 내버려 두오.

양선희

아무리 최루탄의 고
통이 심하다지만 아
버지의 얼굴에 감히 뉴 후리덤을 덮어드리다니! 아무리 뉴
후리덤이 상쾌하고 뽀송뽀송하고 착용감이 좋고 흡수력이
기적적이라 하더라도 최루탄을 막기 위해, 아버지의 얼굴
에? 그러나 아버지는 '허허 웃으신다'. '스타일은 좀 구기
지만 이것 덕분에 위기를 넘기겠다고'.

생리혈이야말로 투명한 로고스에 의해 시체나 똥, 오줌,
구더기나 가래침, 데스 마스크와 같이 문화의 범주 바깥으
로 밀쳐내 던져졌던 '더럽고 부적절한' '비천한' 것이었다.
'깨끗하고 적절한' 육체가, 특히 '온순하고 정결한' 여성 육
체가 되기 위하여 생리혈이나 생리통은 철저하게 '외설'에
부쳐져 온 것이다.

투명한 에고 앞에서 외설이 되는 것들이 어디 그뿐이랴.
그 외설의 기표를 아버지의 눈에 가져다 척, 하니 올려놓는
이 전복적 용기! 아니 그보다 더한 외설물은 시대의 입을
틀어막기 위해 시내 한복판에 연방 쏘아대고 있는 최루탄일
지도 모른다. 공적 권력의 폭력물인 최루탄이 외설이 되고
아버지의 눈물이 그보다 더한 외설이 되고 여성의 생리적
외설물이 간호(看護)물이 되는 이 아이러니! 그래도 안 바
뀌고 있는 시대의 붉은 신호등.

'무엇이 진짜 외설이냐'고 시인은 묻는 듯하다.

어떤 사람들

준 조단

어떤 사람들은 나를 무시한다 왜냐
하면 내가 비너스의 둔덕을 가졌기 때문에
남근이 아니고

그 말이
올바른 것으로 들리니
너에게?

애드리안 리치가 버클리 대학에 시낭독을 하러 왔을 때였다. 사회를 보는 흑인 여성 교수가 준 조단(June Jordan)이었다.

준 조단은 1936년 뉴욕 할렘에서 출생하여 버나드 대학과 시카고 대학교에서 공부했고 21권의 책을 썼으며, 현재 캘리포니아 주립대 버클리 캠퍼스의 아프로 아메리칸(Afro-American) 학과와 여성학과 교수로 있다.

비너스의 언덕을 가진 검은 여자. 검은 힘과 지성의 이빨로 가득 찬 여성 시인. 그렇게 힘찬, 능동적이고도 공격적인 음성으로 인종/성 차별에 저항 담론을 발할 수 있는 여자도 '여성이라는 생물학'에 구속을 느낀단 말인가? 위의 시 「어떤 사람들 *Some People*」은 '그렇다'고 대답한다.

애드리안 리치는 그녀의 저서 『여자로 태어남에 대하여 : 경험과 제도로서의 모성』에서 '사람(some people)들은 한때 생물학으로 여성/남성을 규정하였다. 여성의 생물학 우리가 지금까지 인정해온 것보다 훨씬 더 근본적인 함축을 담고 있다. 가부장적 사고는 그 자신의 협소한 세부 설명에 맞춰 여성의 생물학을 제한시켰다. 페미니스트의 입장에서는 여성의 신체성을 운명으로보다 오히려 자원으로 보게 될 것이다. 풍부한 인간적 삶을 살기 위해 우리는 우리의 신체성을 극복할 뿐만 아니라 우리의 지성의 물질적 근거인 신체성의 통합과 그 의미를 다루기 시작해야만 한다'는 말로 '생물학이 곧 운명'이라는 생물학 담론을 거부한다.

비너스의 언덕과 자궁이 여성 운명의 전부라고? 그것은 거짓말이 아닌가? 준 조단은 그렇게 묻는 듯하다.

여자 그리고 남자의 침묵
(W. B. 예이츠의 「레다와 백조」를 참조하여)

준 조단

그리고 지금 그녀는 안다: 그녀의 얼굴을 산산이 부순 거대한 주먹을.

그 위, 하늘은 달의 슬픔을 감추고 있다.

그리고 그녀의 모든 흔적들을 등지고 창문들은 불을 켜고

문들은 닫힌다. 그녀는 여성 파멸의 폭력 안으로 쓰러진다.

그의 성욕의 돌진에 항거하여 어떻게 그녀가 일어나야만 했을까?

그녀는 이빨을 토해낸다. 그는 그녀의 가느다란 다리들을 찢어버렸다.

그의 분노의 털난 토르소는 그녀의 믿음의 마지막 보루를
파괴했다.

그는 그녀의 가슴을 찢었다. 그녀 가슴을 할퀴고 짓이겼다.

그녀는 수련들과 백조가 있는 습지 연못 안으로 가라앉는다.

그녀는 나무들에서 나오는 음악의 오후 위로 표류한다.

그녀는 사람들이 밟고 걸어가는 피처럼 사라진다.

그녀는 다시 나타난다: 이성이 잡을 수 없는 한 마리의 미친 암캐:

강물과 곡식들을 마르게 하는 고열:

그녀의 잔인한/고열로 빛나는 에너지로 보호받는 사랑스러운
소녀.

W. B. 예이츠의 「레
다와 백조」라는 시를
되받아쳐서 전복시킨 작품. 예이츠는 「레다와 백조」라는 시
에서 백조로 변신한 제우스가 레다를 겁탈하는 장면을 극화
하면서 그 겁탈의 순간을 '어떻게 그 질려 맥빠진 손가락이
/맥풀린 허벅지로부터 그 깃털로 뒤덮인 영광/을 밀어넣
을 수 있으랴?' 라고 쓰고 있다.

스파르타의 아름다운 여왕 레다는 왕 틴다레우스의 아내
로서 아들 카스터와 딸 클리템네스트라를 두었다. 레다는
우연히(항상 지배자-남성의 눈길을 끌게 되는 재난이 발생하
는 것은 우연에 의해서가 아닌가?) 올림푸스 신전의 최고 신
인 제우스의 눈길을 끌게 되었고 제우스는 백조의 모습으로
변하여 지상에 내려와 그녀를 강간한다.

그리하여 레다는 알 두 개를 낳게 되는데 그 알에서 플룩
스라는 아들과 딸 헬렌이 태어난다. 레다의 딸 헬렌은 (바
로 트로이의 왕자 패리스가 레다의 딸 헬렌을 유괴함으로써
시작된) 트로이 전쟁을 일으키는 원인을 제공하는 바로 그
전설적 헬렌이다. 레다와 제우스의 결합은 고대 희랍문화의
출발점이 된다고 문학비평가 앤토니 드웨이트는 말한다.

준 조단의 「여자 그리고 남자의 침묵」은 유럽 문학의 정
전으로 숭배받고 있는 윌리엄 버틀러 예이츠의 「레다와 백
조」를 패러디한다. 여자 유괴와 강간으로부터 서양 문명을

만들어온 백인 남성들의 폭력을 날카로운 부리와 하얀 피부를 가진 냉혹한 백조에 비유한 예이츠의 시를 뒤집어 예이츠가 '깃털로 뒤덮인 영광'이라고 부른 '겁탈'을 여성의 몸에 가해지는 '물리적 파괴' 그 자체로 격하시킨다. 그리고 남성의 파괴가 어떻게 여성과 생명을 통제 불가능한 마녀화, 황폐화시키는지 침착한 어조로 발설한다. '그녀는 다시 나타난다 : 이성이 잡을 수 없는 한 마리의 미친 암캐 : /강물과 곡식들을 마르게 하는 고열'이라고.

그러나 남성의 침묵에 의해 미친 여자는 파괴적 힘만을 행사하는 것은 아니다. 그녀는 세상의 연약한, 온순한 육체를 가진 소녀들을 보호하기 위해 다시 돌아온다.

앵글로 남성 중심으로 주로 짜여진, 정전으로 안치된 지배문학을 되받아치는 전복적 글쓰기의 좋은 예가 되는 작품이다. 어떤 의미에서는 탈식민주의적 글쓰기라고 불러도 좋겠다.

립스틱과 매니큐어

신현림

가을에 슬픔으로 충만했으니
겨울엔 기쁨이 너를 원하므로
비누처럼 거품을 물고 즐거워하라

립스틱과 매니큐어를 바꾸고
「사랑을 할 거야」를 부르며
사람들에게 열심히 꽃 바치고

해 지고 술 고프면
한번쯤은 치사량에 가까운
술을 마셔도 좋을 것이다

웬만하면 좌석버스로 시내나 돌며
정신 차리고 돌아와 밝은 방에서
책 읽는 게 최고의 희열이라

올 겨울엔 나도
빨랫줄에 간신히 매달린 흰 치마 같은
금욕의 처절함을 해제하고

이글이글한 정사를 치러볼 것이다

어떻게 — 슬픔의 체위를 바꾸면서
어디서 — 헤어지지 않을 곳에서
누구랑 — 헤어지지 않을 사내랑
왜 — 헤실헤실 웃는 아기를 가질까 해서
뭔가 꽉 잡고만 싶어서

신현림

다나 덴스모어는 여성적인 미의 신화는 여성의 문화를 규정하는 데 필수적이라고 말한다. 립스틱과 매니큐어는 말하자면 여성적 미의 신화를 창조하는 화장품의 대명사라고 할 수 있을지 모르겠다. 다나는 하나의 여성이 된다는 것은 하나의 아름다운 대상이 된다는 것을 의미한다는 근본적인 방정식을 받아들이도록 하는 광고 세뇌에 의해 포격당하는 존재로 여성을 본다.

『제 2의 성』에서 시몬 드 보부아르도 쓴다. '의상과 스타일은 가끔 여성 육체가 어떤 가능한 초월도 행하지 못하도록 차단하는 데 헌신한다. 화장품과 장신구뿐만 아니라 더 나아가 여성을 화석화시키는 중국의 전족, 손을 앗아가버리는 할리우드 스타들의 기다란 손톱들, 하이힐, 코르셋, 버팀대를 넣은 페티코트 등……. 사회가 여성들로 하여금 스스로 에로틱한 대상으로 만들도록 요구하고 있다. 모든 억압받는 사람들처럼 여성은 고의적으로 가장(假裝)하고 연기(演技)한다.'

여성적으로 치장하고 처신한다는 의미에서, 즉 아첨적인 공손한 역할을 하는 '진짜' 여성처럼 보이게 하기 위하여.

그러나 신현림의 립스틱과 매니큐어는 그런 여성적 미의 신화에 봉사하기 위한 가장의 장치들에 머물지 않는다. 그보다는 오히려 젠더화된 섹슈얼리티를 쳐부수기 위한 유혹의 기표들이 된다. 젠더화된 섹슈얼리티란 섹슈얼리티 그 자체만이 아니라 젠더와 얽혀 있는 섹슈얼리티를 말한다.

'립스틱과 매니큐어'는 그런 인형의 성, 타자화된, 식민화된 섹슈얼리티, 계통발생론적(문화적)인 성의 차원을 부수고 '이글이글한 정사를 치뤄볼' 개체발생론적인(개인적) '창조적 주체-자아'로 나아가려는 리비도적 에로티시즘의 환상물들이 된다.

어떤 황홀 2

박서원

콩나무 줄기를 타고 코끼리가 올라간다
올라갈수록 하늘은 새장만해지고 어디선가 굴러오는
드럼통 거미줄 스타킹이 하늘에 그물을 펼쳐놓고
하혈로 숨이 찬 어린 소녀는 칠면조를 머리통째로
삼킨다 대나무 창은 따라와 코끼리 귀를 자르고
끊임없이 흘러나오는 음파가 유리잔을 만들어낸다
하늘은 무서운 초원이다 방향을 가늠할 수 없는 뿌리였다
어머니가 내 이름을 불렀을 때 자란 나무는
잎새 대신 쇠칼을 수없이 매달아놓고 이건 파티야,
일생일대의 파티를 위해서 난 동맥을 잘라야 해
아기의 팔다리를 잘라 제물로 바쳤던 고대의 제전처럼
아아 코끼리 이시스의 눈물이구나 라일락이 뿌려진다
장미잎이, 양귀비가 성난 망토로 펄럭이는구나
영악한 내 연인은 파리가 되었다 거미줄이 방아쇠를 잡아당긴다
지상에선 목욕탕마다 불이 난다 튀는 알몸마다 줄에 매달려
덜그럭거리는 고해소 고백하라 고백하라 죄, 죄, 죄,
콩나무는 연신 자라난다 코끼리는 발이 다섯 개라서
지치지 않는다 피로를 모르는 두려운 인간이여

박서원

여성적 영역으로서의 무의식을 가장 깊게 내려가 본 시인. 남성들이 내려가 볼 수 없는 여성 영혼만의 황무지(Wild Zone), 그 초승달 부분에 발을 디뎌본 시인. '메두사'(엘렌 식수)가 웃고 있고, '게릴라'(위티그)들이 거주하고 있는 그 암흑의 부분을 품고 가는 시인.

'언제나 도망쳐서 잡을 수 없는 확실성'을 보여주는 언어들. 들뢰즈와 가타리의 용어를 빌린다면 수목의 상상력이 아니라, 욕망의 분열이 갖는 해방적인 흐름을 타고 도망치면서 뿌리내리고 금세 그것을 뿌리치고 다시 도망치는 리좀(Rhizome)적 상상력. '나무들은 지겹다'고 말하는 듯한 어긋나는 언어들의 미끄러지는 춤. 수목의 형태를 가진 로고스의 언어(나무들)를 벗어나 흘러넘치는 희열의 가장자리 쪽으로 하염없이 가고 있는 리좀적 이동. 따라서 해석의 중심이 없는 난해성.

난간 위의 고양이

박서원

그는 난간이 두렵지 않다

벚꽃처럼 난간을 뛰어넘는 법을

아는 고양이

그가 두려워하는 건 바로 그 묘기의

명수인 발과 발톱

냄새를 잘 맡는 예민한 코

어리석은 생선은 고양이를 피해 달아나고

고양이는 난간에 섰을 때

가장 위대한 힘이 솟구침을 안다

그가 두려워하는 건

늘 새 이슬 떨구어내는 귀뚜라미 푸른 방울꽃

하느님의 눈동자 새벽별

거듭나야 하는 괴로움

야옹

야옹

박서원

금 위에 앉은 고양
이. 경계선을 밟고
있는 바로 그 금기의 자리. 호랑이가 고양이과의 동물임을
기억해 본다면 고양이는 호랑이의 에로틱한 축소형임을 연
상할 수 있다. 단군신화 바깥에서 서성이는, 저 눈 속의, 가
도 가도 닿을 수 없는 지평선…….

양변기 위에서

김선우

　어릴 적 어머니 따라 파밭에 갔다가 모락모락 똥 한무더기 밭
둑에 누곤 하였는데 어머니 부드러운 애기호박잎으로 밑끔을 닦
아주곤 하셨는데 똥무더기 옆에 엉겅퀴꽃 곱다랗게 흔들릴 때면
나는 좀 부끄러웠을라나 따끈하고 몰랑한 그것 한나절 햇살 아래
시남히 식어갈 때쯤 어머니 머릿수건에서도 노릿노릿한 냄새가
풍겼을라나 아아— 망 좀 보그라 호박넌출 아래 슬며시 보이던
어머니 엉덩이는 차암 기분을 은근하게도 하였는데 돌아오는 길
알맞게 마른 내 똥 한무더기 밭고랑에 던지며 늬들 것은 다아 거
름이어야 하실 땐 어땠을라나 나는 좀 으쓱하기도 했을라나

　양변기 위에 걸터앉아 모락모락 김나던 그 똥 한무더기 생각하
는 저녁, 오늘 내가 먹은 건 도대체 거름이 되질 않고

김선우

슬기로운 대지의 여
신으로서의 어머니.
우리 몸 속의 오물을 버릴 때일지라도 자연에 이롭게 되돌
려주어야 한다는, 삼라만상의 생명의 순환에 기여해야 한다
는 농경적 어머니. 그러나 오늘 나의 똥은 '자연의 거름'이
되지 않고 양변기를 타고 내려가 수질 오염에 공헌할 뿐이
라는 것을 아는 딸의 불모의 근대!

　김선우의 시를 읽다 보면 프로이트를 웃어주고 싶은 생각
이 든다. '어머니/딸의 관계에서 어머니에 대한 딸의 분노
와 적의는 자신이 아버지의 아기를 가질 수 없다는 데서 비
롯되는 것이며 아버지의 애정을 서로 차지하려는 경쟁자적
입장이기 때문'이라고 프로이트는 말했다. 서양의 심리, 문
화의 기본 구조가 되는 '오이디푸스 플롯'을 무분별하게 한
국 문학에 적용하는 것은 얼마나 무리인가, 하는 것을 김선
우의 이 시는 잘 보여준다.

　프로이트는 기본적으로 딸/어머니의 관계에 대한 설명
을 잘하지 못했다. 그것조차 남근중심주의로만 설명하려
고 했으니까. 프로이트를 뛰어넘는 이 넉넉한 어머니, 모
락모락 김나는 따끈따끈한 똥처럼 물렁하고도 거룩한 이
땅의 어머니.

　자, 프로이트를 한번 웃어주자.

엄마의 뼈와 찹쌀 석 되

김선우

저 여자는 죽었다
죽은 여자의 얼굴에 生生히 살아있는 검버섯
죽은 여자는 흰꽃무당버섯의 훌륭한 정원이 된다

죽은 여자, 딱딱하게 닫혀 있던
음부와 젖가슴이 활짝 열리며
희고 고운 가루가 흰나비 분처럼
바람을 타고 날아간다 반짝거리는 알들

내 죽은 담에는 늬들 선산에 묻히지 않을란다
깨끗이 화장해서 찹쌀 석 되 곱게 빻아
뼛가루에 섞어달라시는 엄마 바람 좋은 날
시루봉 너럭바위 위에 흩뿌려달라시는

들짐승 날짐승들 꺼려할지 몰라
찹쌀가루 섞어주면 그네들 적당히 잡순 후에
나머진 바람에 실려 천·지·사·방·훨·훨
가볍게 날으고 싶다는
찹쌀 석 되라니! 도대체 언제부터

엄마는 이 괴상한 소망을 품게 된 걸까

저 여자, 흰꽃무당버섯의 정원이 되어가는
버석거리는 몸을 뒤척여
가벼운 흰 알들을 낳고 있는 엄마는
아기 하나 낳을 때마다 서말 피를 쏟는다는
세상의 모든 엄마들처럼
수의 한 벌과 찹쌀 석 되
벽장 속에 모셔놓고 기다리고 있는 것이다
기다려온 것이다

김선우

한평생 식구들을 '먹이는' 존재였던 한 여자가 자신의 죽음을 통해 이제 들짐승, 날짐승들까지, 천지사방에 있는 자연계의 동식물들까지 '먹여주는' 거대한 어머니로 변신을 이루려는 욕망을 보여주는 텍스트.

그 욕망을 이루기 위하여 먼저 어머니의 육체는 인간의 형상을 서서히 해체해가며 '검버섯' '흰꽃무당버섯'의 정원이 되어간다.

2연에서 경계선을 잃고 해체되어가는 육체는 음부와 젖가슴을 열어 반짝거리는 알들을 바람에 풀어놓는 자기확산을 보여준다. 죽음이란 한평생 육체 속에 딱딱하게 갇혀 있던 것들을 바람 속에 방생하는 자기확대의 통과의례다.

그러한 자기확산의 욕망은 3연에서 한평생 가부장제 아래 웅녀로 호명된 주체, 즉 타자로 살아왔을 어머니의 입을 통해 '내 죽은 담에는 늬들 선산에 묻히지 않을란다'라는 반가부장제적 발언으로 나타난다. '늬들 선산'이란 곧 자식의 아버지, 곧 남편의 조상들이 계시는 가부장적인 공간이고 철저하게 남성중심적 계보의 공간이다. 그렇다면 죽음조차도 '아버지의 이름' 속에 갇힐 것이기에 이 어머니는 자신의 죽음이 가부장제적 공간에 유폐되는 것을 원치 않는다. 반가부장제적 선언이고 웅녀로서의 자기 정체성을 해체하는 전복적 선언.

가부장적 공간으로부터 자기를 해방시키는 것은 자신만을 위한 개인적 자유주의 때문이 아니라 '찹쌀 석 되'에 버무려져 들짐승, 날짐승들을 먹이려는 '위대한 먹이기'의 또 다른 실천이다. 자식을 먹이는 어머니에서 들짐승, 날짐승들도 잡숫게 하려는 어머니로의 자기확산의 욕망은 또 '나머진 바람에 실려 천·지·사·방·훨·훨/가볍게 날으고 싶다'는 욕망으로 이어진다.

'시루봉'은 죽음을 통해 자기 몸을 우주적 음식으로 변화시키려는 그녀의 변신 욕구의 환유적 이름이다. 우주적 음식이 되어 넓디넓은 우주로 확산되기 위해서는 먼저 가부장적 선산이 거부되어야 하고 어머니는 '몸'이라는 집을 떠나야 한다.

얼레지

김선우

옛 애인이 한밤 전화를 걸어왔습니다
자위를 해본 적 있느냐
나는 가끔 한다고 그랬습니다
누구를 생각하며 하느냐
아무도 생각하지 않는다 그랬습니다
벌 나비를 생각해야만 꽃이 봉오리를 열겠니
되물었지만, 그는 이해하지 못했습니다
얼레지……
남해 금산 잔설이 남아 있던 둔덕에
딴딴한 흙을 뚫고 여린 꽃대 피워내던
얼레지꽃 생각이 났습니다
꽃대에 깃드는 햇살의 감촉
해토머리 습기가 잔뿌리 간질이는
오랜 그리움이 내 젖망울 돋아나게 했습니다
얼레지의 꽃말은 바람난 여인이래
바람이 꽃대를 흔드는 줄 아니?
대궁 속의 격정이 바람을 만들어
봐, 두 다리가 풀잎처럼 눕잖니
쓰러뜨려 눕힐 상대 없이도

얼레지는 얼레지
참숯처럼 뜨거워집니다

김선우

여성의 성은 남성의 대상으로서만 의미를 갖는가? 아니다! 이것이 '얼레지'의 대답이다.

얼레지의 꽃말은 '바람난 여인'.

기존의 성에 관한 이야기는 남근적 내러티브여서 여성의 성을 재생산의 장소로서의 자궁과 질(膣)에 한정시켰다고 말하며 이리가레이는 음순 담론을 펼친다. 남성의 성은 페니스(프로이트)나 남근(phallus, 라캉)에 국한된 '하나의 성'이지만 여성의 성은 '하나가 아닌 성'(This Sex Which is not One)이며 프로이트가 결핍을 발견했던 바로 그 자리에서 유쾌하고 풍부한 에로티시즘을 발견할 수 있다고.

'그녀의 성기는 늘 마주 붙어 있는 두 개의 입술로 이루어져 있기 때문이다'(이리가레이).

재생산으로서의 성, 질 담론으로부터 쾌락을 위한 자기애의 클리토리스나 음순 담론으로 여성 섹슈얼리티의 초점이 이동중. 누구를 위한 성이 아니라 자기를 위한 성으로.

푸른 밤

허혜정

썰물이 벌거벗은 갯벌에 남겨놓은 여윈 조개껍데기의 얼굴
차갑게 식어버린 바닷물이 그곳에 담겨 있다

탁한 먼지가 날아드는 남산터널 끝에서
저 달을 본 적이 있다. 복사지를 잔뜩 안고 나오던
도서관 밖에서. 자 빨리 걸어, 저녁 먹을 거야 안 먹을 거야
아이를 재촉하며 돌아오던 아파트 소로에서

그리고 그날
파란 시약을 달빛에 비춰보며
두 사람이 나란히 서 있었다. 우와, 아기다!
얼마나 오래도록 그들은 껴안고 춤추었던가
침대 위에서 뛰노는 아이처럼

기꺼이 따랐다. 저 달의 명령을
금속의 저울과 몸속으로 들어오는 차가운 기계
로켓에 쌤플을 채취당한 달처럼 수많은 채혈과 검진
자 가는 거야. 공포와 싸우며 걸어들어갔던
그 하얀 고통의 방

더 가까이 오라

도시의 안테나에 얼굴이 엉망으로 찢기며

유리창 가까이 볼이 닿도록

느낄 수 있다. 네 속에 서서히 몰아치는 우박

너는 무수한 소혹성이 때리고 간 두창 걸린 계집이다

네 몸이 깨어지고 깨어지고 깨어질 때

거만한 도시와 기계와 이념과 모든 것을 삼키며

시바의 춤처럼 소용돌이치는 바다

하지만 지금 너는

지독한 밤훈련을 요구하는 엄격한 코치다

마지막 옷이 서랍으로 들어가고, 아이가 가까스로 잠들고

밤드리 노닐던 네 남편이 창녀를 찾아갈 때

저 달의 고통을 말 속으로 모아라

식어 있던 몸이 다시 뜨거워지고, 모든 잡념이 깨어져나가는

시간

얼음 위에 난폭하게 긁혀나간 스케이트 자국처럼

어지러운 노트들

허혜정

허혜정의 상상력은 치렁치렁하다. 의식과 무의식, 일상과 일탈, 독백과 묘사 그 교차의 사이로 검은 나무처럼 귀기(鬼氣) 흐르는 치렁치렁한 상상력이 가로질러간다.

'여자의 몸-달'의 은유의 망은 새롭지 않고 흔한 것이지만 「푸른 밤」에서 그 은유의 매듭은 지독하게 번쩍인다. 남편이 창녀를 찾아가는 시간, 자아에의 명령. '저 달의 고통을 말 속으로 모아라/식었던 몸이 다시 뜨거워지고, 모든 잡념이 깨어져나가는 시간/얼음 위에 난폭하게 긁혀나간 스케이트 자국처럼/어지러운 노트들'. 이 마지막 구절은 정말이지 탐날 만큼 새로운 아름다움이다.

여자의 말은 스케이트 날로 난폭하게 긁힌 얼음장 위의 아픈 상처 같은 것인지도 모른다. 이 시인의 말에는 가부장 사회를 정신분석하는 처절한 울림 같은 것이 배어 있어 한마디 한마디가 그냥 흘러가지 않고 손금에서 배어나오는 피처럼 내 육신에 흔적으로 남는다.

누구의 피인가—그녀의 피인가, 나의 피인가······.

나의 생명은 — 장전된 한 자루의 총 —

에밀리 디킨슨

나의 생명은 — 장전된 한 자루의 총 —
구석진 곳에 서 있었다,
주인께서 지나다 알아보시고 —
나를 데려가 주신 그날까지 —

이제 우린 至高의 숲 속을 배회하고 —
이제 우린 암사슴을 사냥한다 —
내 그를 대변할 때마다 —
산은 맞받아 대답해준다 —

나는 미소짓노니, 이토록 따뜻한 햇살이
계곡에 불타도다 —
베수비어스 화산이
만면에 기쁨을 분출했을 때마냥 —

멋진 낮이 지고 밤이 들어 —
주인님 머리맡을 (따뜻히) 지키노라면 —
고락을 같이했던 (낮의) 그 시절이
솜털오리의 푹신한 이 베개보다 좋았어라 —

주인님께 적되는 자에겐 난 무서운 적이니 —
내 노란 눈알을 —
아니 내 힘찬 낙점을 받으면 —
다시는 꿈틀거릴 자 없어라 —

내겐 죽이는 힘만 있을 뿐 —
죽는 힘이 없으니 —
내가 더 오래 살는지 모를 일이되
제발 주인께서 더욱 오래오래 사시길 —

이정호 옮김

에밀리 디킨슨

살아 생전 앰허스트
에 있는 자신의 방
—이층 구석에 있는, 햇빛 잘 드는 양지의 방, 그 집에서 가
장 좋은 방, 시인에게 '자유스러움' 그 자체였던 정신적인
방—을 별로 떠난 적이 없이 고요하게 은거해 살았던 에밀
리 디킨슨(Emily Dickinson). 만년설처럼 맑은, 뜨거운 보
석처럼 타오르는 순결한 언어들을 남기고 무(無) 속으로 사
라진 에밀리 디킨슨의 방 한구석에 '총 한 자루'가 서 있다
니! 더구나 총알이 장전되어 있는 위험한 총 하나가!

영문학자 이정호 교수는 에밀리 디킨슨의 방에 서 있는
장전된 총은 프로이트식으로 남근의 은유이거나 아니면 칼
융식으로 아니무스(animus)의 은유로 읽을 수도 있고 또는
이리가레이식으로 여자 성기(음순lavia+음핵clitoris)의 은
유로 읽을 수도 있음을 시사한다.

이리가레이식의 독법을 따라가면 이 시는 여성적 특성을
그대로 지닌 채 자신의 남성적 특질인 아니무스와 결합함으
로써 시인으로 새로 태어나게 된 그 순간, 남성중심적 사회
에서 여성중심적 담론을 말하는 힘찬 여성 시인으로서의 에
밀리 디킨슨을 새로 발견하게 된다.

애드리안 리치는 이 시에 대해 '여자가 시에 신들릴 때
겪게 되는 위험에 관한 시이며 한번 시에 신들린 이상 여성
시인은 시의 신이 없이는 살지 못함을 보여준다'라고 지적

124

한다.

　'창조적 인간에겐 양성성이 깃들여져 있다'는 양성성 담론을 환기시켜주는 시. 여성적 (남성) 릴케, 남성적 (여성) 나혜석, 고정희 등등.

나0, 무너진

이경림

콘크리트 건물에 깔려 죽은 나 1
　　철근에 옆구리가 꿰진 나 2
떡시루 같은 벽돌 사이에 낑긴 나 3, 4, 5
　　　(살아 있는가? 살았으면 벽을 두드려봐)
대답없는 나 6, 7, 8⋯⋯⋯⋯

　　지하에서 허리까지 물에 잠긴 나
　　　　15, 16, 17⋯⋯⋯⋯
용접공들이 길을 만든다 불꽃이 튄다
　　길 아닌 것들이 길이 된다 이윽고
팅팅 불은 나 21, 22, 23, 24⋯⋯⋯⋯
필사적으로 좁은 구멍들을 빠져나온다
　　　　　저기 걸레 창고 속에 나 100, 101, 102,⋯⋯⋯⋯가
갇혀 있어요 피투성이의 나 25, 모깃소리로 중얼거린다
　　독가스가 꽉 찼어요
　　　거기 나⋯⋯⋯⋯ 이 죽어가거나
죽었을 거예요

지켜보던 나0 지겨운 듯 리모콘을 누른다

나·········· 깔린 채 후루룩

리모컨 속으로

이경림

'나 0'은 지금 리모 컨을 들고 삼풍백화 점 붕괴사고 후 매몰자 구출작업 장면을 보고 있는 시청자-현실적 자아이다. 시의 처음 부분에서 현실적 자아는 급속히 타자들, 다른 자아들로 스며들어 가고 있다.

콘크리트 건물에 깔려 죽은 나1, 철근에 옆구리가 꿰진 나2, 떡시루 같은 벽돌 사이에 낑긴 나 3, 4, 5, 대답 없는 나 6, 7, 8, 지하에서 허리까지 물에 잠긴 나 15, 16, 17, 팅팅 불은 나 21, 22, 23, 24, 걸레 창고 속에 아직 갇혀 있는 나 100, 101, 102……. 이렇게 무수한 '나'들로 시인의 자아는 확대된다.

이러한 다중(多衆)적 자아는 타자를 자신의 몸 안에 수태할 수 있는 여성만이 보여줄 수 있는 포태의 상상력, 성체배령과 같은 '자기 몸 나눠주기'의 상상력의 산물이라고 할 수 있다.

천민 자본주의의 괴물성을 유감없이 드러낸 삼풍 백화점 붕괴사고에서 죽은, 다친, 구출된, 매몰된 그 무수한 몸들은 바로 찢어진 내 몸이며 깔려 죽은 내 몸이며 갇혀 있는 내 몸이며 팅팅 불은 내 몸이며 구출을 기다리는 내 몸이다.

시인의 자아는 그들의 몸으로 확장되며 흩어지고 으깨지면서 멀리멀리 산포된다. 한없이 늘어날 수 있는 가변성의 자아다. 여성 자아의 특징은 테두리가 얇다는 것이다. 그래서 잘 스며들고 잘 흩어져 나가며 잘 뒤섞인다.

그러나 끝 연은 매우 현대적이고 비정하다. '나 0'은 리모컨을 들고 그 지겨운 고통의 장면들을 꺼버린다. 그러자 그 무수한 나들은 '깔린 채 후루룩' 하고 화면의 어둠 속으로 영원히 매몰돼버린다. 이제 거실에 놓인 TV 박스는 나 1부터 나 102까지의 공동 묘지로 변형된다.

'나 0'은 바로 그런 우리들이다. 매일매일 무수한 시체들을 어두운 TV 박스 안에 묻어놓고 아무렇지도 않은 표정으로 0의 가면을 쓰고 살아간다. 피에타(죽은 예수 그리스도를 가슴에 안고 비탄하고 있는 성모를 그린 그림)와 메두사가 동거하고 있는 현대인.

레이스마을 이야기
할머니의 앞치마

노혜경

옛날에 우리 할머니는 신기한 앞치마를 가지고 계셨다. 전설에 의하면 할머니는 태어날 때부터 레이스 앞치마를 두르고 있었다는데, 옷을 입히자 신기하게도 앞치마가 옷 위로 나와서 척 걸치더라는 것이다. 한번도 벗은 적 없는 그 앞치마를 두르고 할머니는 군불도 지피고 아기들도 만드셨다.

게으른 달이 산그늘에 얼굴을 베어 먹히며 꾸물거리는 늦여름 새벽에, 덜렁거리는 젖가슴 밑으로 앞치마를 질끈 동여매고는 나머지는 홀딱 벗은 채로 시냇물에서 미역을 감는 할머니를 보기란 쉬운 일이었다고 한다. 할아버지가 할머니를 처음 본 것도 그런 새벽이었다. 할머니가 손바닥으로 물을 떠 끼얹을 때마다 앞치마는 스스로 척척 비비고 두드려서는 금세 하얀 무명으로 새로 태어나곤 했는데, 그런 할머니가 젖가슴을 덜렁거리며 지나가고 나면, 할아버지는 나무 밑에서 나와 시내로 달려갔다. 막 빨아진 레이스에서 떨어져 나온 실비늘들이 물바닥에 하얗게 모래로 깔리는 것을 밟고 싶었다. 할아버지가 밟는 자리마다 모래알 눈들이 팍팍 터졌고, 으스러진 모래들이 끈적이는 즙으로 변하는 동안 할아버지의 눈에선 피눈물이 났다. 여름이 다 갈 때까지 숨바꼭질은 계속되었지만, 모래 시내가 실의 강으로 바뀌었을 뿐, 할머니의 앞치마는 조금도 닳지가 않았다. 그리고 어느 날 산그림자가 달을 다 잡아먹은 새벽에 할아버지는 완전히 닳아서 할머니의 앞치마 속으로 들어가버리고 말았다. 할머니의 배가 산만해졌다.

그 뒤로 우리 마을에선 신랑이 각시의 뱃속으로 들어가는 것이 전통이 되었다. 할머니의 앞치마는 단 하나뿐이었기에, 우리 엄마는 앞개울에서 건져낸 실로 커다란 레이스를 떠서 밥상 위에 펴고는 아빠를 그 보에 싸서 먹었다. 아빠는 엄마의 뱃속에서 행복했지만, 엄마는 늘 배가 무거워 언제나 입에서 실을 게워내고 계신다. 사실 진짜 전설은 우리 엄마 아빠의 얘기가 아닐까 한다. 왜냐하면 나는 할머니의 앞치마를 본 적은 없지만 우리 마을의 모든 이모들이 짜고 있는 밥상보는 매일같이 보기 때문이다.

노혜경

이 여성 시인에겐
'또 하나의 마을'이
있다. 그 또 하나의 마을은 '다른' 마을이다. 이 '다른 마을'
은 '아버지 중심 마을'과는 다른 '또 하나의 설화'를 가진
마을이다. 그 이름은 '레이스 마을'.

그 제목으로 7편의 연작시가 펼쳐진다. 태어나자마자 척
앞치마를 걸치게 된 할머니로부터 이 마을의 가계보는 이
어지는데 할아버지는 결국 할머니의 앞치마 속으로 들어가
버리고 할머니의 배가 불러와 엄마와 이모들이 태어나게
되었다. 엄마는 레이스를 떠서 밥상 위에 펴고 아빠를 그
보에 싸서 먹었다 등등……. 밥상보를 짜고 있는 이 마을
의 모든 이모들은 아마도 직녀의 변주가 아닐까 하는 생각
이 든다.

풍부한 여성적 상상력과 수동적이면서도 능동적이고, 정
확하게 경계지어질 수 없는 애매모호한 여성의 목소리를 잘
보여주는 시인. 남성의 로고스중심주의가 강조하는 단일한
의미나 동일성의 논리에 저항하는 듯한 난해성, 단일한
'나'로부터 미끄러져나가 자아의 다면적 유희 펼치기.

'우리는 고대 무명의 토대를 이루는 개념들이 수백만 종
의 두더지에 의해 훼손당하는 시대에 살고 있다. 여성은 자
기에게 부과된 어둠 속에서 터널을 파고 있는 두더지들이
다. 그 훼손의 과정이 성공적으로 마쳐질 때 모든 이야기는

지금까지와는 다른 방식으로 다시 반복될 것이고 미래는 예측할 수 없게 될 것이다'(엘렌 식수).

두더지의 언어는 지금까지 강조되어오던 진리가, 정체성이, 권위가, 질서가 '거짓말'이라는 것을 알고 그 어둠을 열심히 파서 비억압적인 '다른' 이야기를 들려주려고 하는 것이다.

성폭행

애드리안 리치

경관이 있다. 그는 성폭행하러 기웃거리는 자이고 또한 가장이다.

그는 당신의 동네 사람이고, 당신 오빠와 같이 자랐으며,

그는 이상을 가지고 있었다.

그가 경찰 장화를 신고 은빛나는 경찰 배지를 달고

말을 타고 권총에 한 손을 댈 때는 당신은 그를 (이미) 잘 알지

못하게 된다.

당신은 그를 잘 모르지만 그를 알아야만 한다.

그는 당신을 죽일 수 있는 기계(사회조직)를 갖고 있다.

그와 그가 타고 다니는 준마는 쓰레기 더미 속을 마치 장군처

럼 뚜벅뚜벅 걷는다.

그가 가지고 있는 이상은 공중에 떠 있어,

그의 미소 없는 입술 사이에 한 점의 언 구름이 된다.

그래서 시간이 되면 당신은 그에게 달려가야만 한다.

미친놈의 정액이 당신의 사타구니에서 아직도 미끈거리고,

당신의 정신이 미친 듯 소용돌이칠 때

당신은 그에게 자백해야 한다.

당신은 강제로 성폭행을 당한 죄가 있다고.

그리고 당신은 그의 푸른 눈을 본다. 당신이 지금까지 알고 있던 모든 식구들이 가지고 있던 푸른 눈을.

그의 푸른 눈은 가늘어지고 반짝이며,

그의 손은 정황을 타자로 치며 그는 모든 정황을 다 알고자 한다.

그러나 당신의 히스테리 섞인 목소리는 그를 가장 즐겁게 한다.

당신은 (아직도) 그를 모르지만 그는 당신을 안다고 생각한다.

그는 당신이 당한 위기의 순간을 타자로 쳐서 조서로 보관한다.

그는 당신이 얼마나 많이 상상했나를

그리고 무엇을 남몰래 원했는지를 알고 있고, 그렇지 않다면 안다고 생각한다.

그는 당신을 처치할 수 있는 기계를 가지고 있다.

그리고 경찰서의 역겨운 전등불 밑에서

그리고 경찰서의 역겨운 전등불 밑에서

당신이 진술한 모든 인상착의가 당신의 고해신부의 모습과 비슷하다면

당신은 당신의 진술을 번복하고 부정하며 이 모든 것은 거짓이었다고 말하고서 집으로 가겠는가?

이정호 옮김

애드리안 리치

가부장제 사회 속에
서 여성의 연약하고
무력한 육체는 무수한 위험에 노출되어 있다. 위험은 권력
을 가진 상징적 존재인 '아버지의 이름'들이 내린 '금기'와
함께 아슬아슬하게 선 위에 걸쳐져 있다.

여성의 성적 상처는 제도권 속에서 권력을 대변하는 자들
에 의해 '보호되는' 것이 아니라 오히려 '생성'된다.

한 여성이 강간을 당하고 경찰서에서 조서를 꾸미고 가해
자의 인상착의를 설명하려고 할 때 그 상처받은 여성에게
가부장 제도는 '억압'이라는 또 다른 폭력을 행사한다는 것
을, 그 제도의 허위를 이 시는 보여준다.

분노하지 않고 담담하게 가부장 이데올로기의 허위를 검
색하고 조롱하고 결국은 해체하여 그것이 깜짝 거짓말임을
보여주는 이 경이로운 뮤즈의 힘!

여자들

애드리안 리치

나의 세 자매들이 앉아 있다
검은 흑요석의 바위 위에.
처음이다, 이런 햇빛 아래, 나는 그들이 누구인가를 볼 수 있다.

첫번째 자매는 가장 행렬에 나갈 의상을 바느질하고 있다.
그녀는 투명 부인 역(役)으로 나가려 한다
그러나 그녀의 모든 신경은 다 보이게 되리라.

내 두번째 자매도 역시 바느질을 하고 있다,
결코 완전히 치료될 수 없는 가슴 위의 솔기를.
드디어, 그녀는 바란다, 가슴 속 답답함이 좀 편해졌으면 하고.

세번째 자매는 보고 있다
바다 위 서쪽으로 멀리 펼쳐져 나간 어둡고 붉은 표면을.
그녀의 스타킹은 찢어졌지만 그래도 그녀는 아름답다.

자매들. 여인들. 자
매애······.

애드리안 리치(Adrienne Rich)는 자신이 레즈비언이라
는 성적 입장을 밝히기를 꺼려하지 않고 또한 미국의 무서
운 제국주의적 죄악이 '강제적 백인-이성애 중심주의' 때
문에 발생했다고 비판을 하는 용감한 여성이다.

그녀는 백인 남성 중심주의가 타 인종들과 여성들을 어떻
게 억압하는가, 하는 문제와 제1세계가 어떻게 제3세계를
억압하는가, 하는 문제, 이성애자(Hetero-sexual)가 어떻
게 동성애자(Homo-sexual)를 억압하고 학대, 배제해 가
는가 하는 문제들을 동일시하여 싸워왔다. 따라서 그녀가
말하는 자매애는 넓은 의미로서 타자에 대한 애정으로 읽혀
질 것이다.

이 시에 묘사된 '자매들'이 그녀의 생물학적 자매들인지
혹은 '자매애'를 느끼는, 타자로서의 넓은 의미의 자매의
범주에 속하는 여성들인지는 알 수 없다. 그러나 '처음이
다, 이런 햇빛 아래, 나는 그들이 누구인가를 볼 수 있다'라
는 구절을 통해 친자매일 것이라고 생각했다. 가족들이란
햇빛 속에서 보면 어딘가 촌스럽고 집안에서는 잘 안 보이
던 아픔이 불현듯 예리하게 다가와 갑자기 초라하게 쪼그라
드는, 그런 부담스런 존재이기 때문이다. 바깥에서 볼 때 오
히려 아픈 내면이 보이는 그런 역설적인 존재들이 가족이

다. 자매다. 절벽에 앉아 있는 위태한 존재로서의 자매를 바깥에서 발견하고 있는 시.

스타킹이 찢어졌어도 아름답게 보인다, 고 그녀는 말하는데 갑자기 나는 샌프란시스코 공항에서 엄마랑 여동생이랑 토마토 케첩 때문에 대판 싸웠던 기억이 난다. 내가 버클리 대학에서 가르치고 있던 시절, 엄마와 여동생이 우리 집을 방문한 적이 있었다. 그들이 서울로 돌아가는 날, 엄마랑 내 '자매'의 가방이 무게 초과가 되어 항공사 직원이 큰 가방을 갈라 짐을 나누라고 명하였다. 황급히 짐을 둘로 나누면서 보니 돈푼도 안 나가는 구질구질한 것들, 토마토 케첩이랑 버터랑 잼이랑 위스키랑 스팸이랑 치즈랑 아몬드랑…… 뭐 그냥 그런 것들, 서울 바닥에서도 흔하디 흔해빠진 그런 '미제'라는 것들로 가방이 꽉차 무게 초과가 된 것을 보고 갑자기 내 마음이 광분하였다.

그리하여 죄 없는 토마토 케첩 병을 공항 바닥에 내동댕이치며 엄마와 자매를 윽박지르며 과잉으로 울먹였던 그런 기억. 참을 수 없는 어떤 초라함. 파란 눈의 이방인들 앞에서 어쩌자고 그런 지성이 부족한 난리발광을 했을까. 뱃속 깊은 저 아래에서부터 무언가 마구 이름붙일 수 없는 것들이 치받쳐 올라오던…… 무언가 우리 전체가 억울한 느낌. 그런 존재들이 자매이다. 엄마 또한 한 '자매'라고 해도 좋겠다.

幻身의 고백

김소연

1

저는 본디 양가의 딸로서 어릴 때부터 가훈대로, 법도대로, 그
밖의 일은 알지 못하였습니다. 마침 그대의 붉은 살구꽃 핀 담 안
을 엿보게 되자, 저는 스스로 碧海의 구슬을 드렸으며, 꽃 앞에서
한 번 웃고 평생의 가약을 맺었고, 휘장 속에서 거듭 만날 때는
정이 백년을 넘쳤습니다

2

그러하였다
익혔던 관습은 투구처럼 문밖에 벗어두었다 외투?
그것 역시 들판 어딘가에 던져졌을 것이다
내 몸이 이것이 아니었다
천성이 시킨 짓이다 부끄럽지 않다
후회하지 않으며 幻身도 가뿐하기 짝이 없다

3

나는 음미한다 내 몫의 허공, 내 앞의 헛 것, 내 안의
무용지물들
또한 나는 식별하리, 이상한 기류들을 생분해하는

나와 나 아닌 것

4

네가 백 명의 여자를 사랑하는 동안
나는 한 명의 남자를 사모하였다

가방 가득 판돈을 싸들고 입성한 이곳
네가 마악 다녀갔다는 전갈을 받았다
아무렇게나 놓인 의자엔
너의 체온 남아 있고
이 온기가 다 식을 때까지 나는
이곳을 뜨지 않으리라

아,
내 심장이 쿵쿵쿵 걸어가는 소리
너에게 들렸으면 시끄러워 잠 못 잤으면
일어나 너는 봉창이라도 두드렸으면
난 봉창이 되리
무색 민무늬 영혼이 네 손때로
까맣게 더럽혀진다면

5

오른쪽 가슴을 태워 없앤
아마존 아가씨 저만치 서 있었다

나를 향해 그리곤 힘껏 활줄을 당겼다
아, 나는 몸뚱이를 시원하게 열어보였지
저것 봐, 날던 새가 비켜주잖아

아무도 울어주지 않았다
납빛 활촉이 쌩 먼지를 갈라
내 뚜렷한 동공에 꽂히는 것
단단한 내 눈물들을 아무도 보려 하지 않았다

활줄을 당겨 내 눈을 꿰뚫은 아마존 아가씨가
내 앞으로 걸어와선
"당신, 귀를 잘라."

나는 이제 제대로 된 과녁입니다
화살이란 화살 전부 내게 와
나의 幻身에 꽂혀주시기를

김소연의 시에는 심
리드라마가 있고 반
어가 있고 치열하고 역동적이며 유쾌한 탄력이 있다. 경쾌
한 카산드라, 그 매혹적인 울림이 있다. 언제나 '나/너'의
분열된 자아의 드라마가 있으며 '정(나)/반(알터 에고)'의
기우뚱거리는 어긋남이 있고 끝내는 자포자기하는 선언이
있다.

『극에 달하다』는 그야말로 나/너, 이중적 자아의 이중초
점화와 이중음성을 사용하는 심리드라마가 극에 달한 느낌
이다. 이중의식(Double Consciousness)이란 주류 문화에
대한 소수파 구성원이 가지는 복합적 의식이라고 한다.

「幻身의 고백」도 역시 그런 '나/너'의 이중음성적 심리드
라마를 잘 보여준다. 이 시를 읽으며 나는 몇년 전 비디오로
보았던 한국계 미국인 작가 테레사 차(차학경)의 퍼포먼스
〈퍼뮤테이션 Permutation〉이 생각났다. 자기 밖의 타자를
받아들여 그토록 고통스럽게 변해가던 가변적인 자아. 한
여자가 무대에 서서 무슨 뜻인지 모를 말을 중얼중얼거리는
동안 그 얼굴 위에 신이 내려 그 얼굴이 점차 다른 사람의
얼굴로 변형되어 가던 장면. 하나의 자아 위에 또 다른 자아
가 내려(降) 자신도 막을 수 없도록 또 하나의 자아로 흡입
되어 스며드는 과정을 보여주던 초현실적 미장센.

김소연의 「幻身의 고백」에서 원래의 자아는 '저는 본디

양가의 딸로서 어릴 때부터 가훈대로, 법도대로 …(중략)…
꽃 앞에서 한 번 웃고 평생의 가약을 맺었고, 휘장 속에서
거듭 만날 때는 정이 백년을 넘쳤습니다'로 고전소설 속의
숙향이나 숙영낭자를 닮은 목소리로 자신의 내력을 고백
한다. 고전미를 갖춘 수동적이고도 순응적인 여성적 자아
이다.

그러나 〈2〉에서는 익혔던 관습을 투구처럼 외투처럼 문
밖에 벗어둔 '나'가 등장한다. '내 몸이 이것이 아니었다'에
서 보듯 현재의 자아는 원래의 자아, 아니 '온순하고 수동
적인' 원래의 기품 있는 몸에서 달라진 무엇이다. 무엇이
헛것인가. 현재의 내 몸인가, 아니면 천상의 전생처럼 아름
답고 도원(桃園)적인 그것이 헛것인가. '나'와 '나 아닌 것'
을 식별해야겠다고 시적 화자는 말한다.

〈4〉에서는 〈1〉에서와 같이 일편단심의 사랑을 지닌 수동
적 자아, 대상으로서의 여성적 자아가 고백된다. 〈1〉의 '그
대'는 『숙향전』의 선비 이선과도 같이 아름답고 고귀한 대
상인 것 같았는데 〈4〉의 '너'는 '백명의 여자를 사랑하는'
무책임한, 무관심한, 알 수 없는 대상이다.

〈5〉에서 '오른쪽 가슴을 태워 없앤/아마존 아가씨'는 또
하나의 나이다. 억세고 공격적이지만 오른쪽 가슴을 사랑의
불길로 다 태워 없앴다는 점에서, 보다 활발하게 활을 쏘기
위해서 오른쪽 유방을 도려낸 옛날 이야기 속의 아마조네스

와는 다르다. 한없이 수동적인 고전미를 갖추었던 여성적
자아와 아마조네스 사이에 분열의 심리드라마가 펼쳐진다.
아마조네스의 활은 내 눈을 꿰뚫고 내 귀를 잘라내고, 그렇
게 절단되고 훼손된 몸은 그녀의 과녁이 된다. 〈5〉도 역시
이중초점화와 이중적 목소리가 시적 장치로 쓰이고 있다.
'나의 환신', 헛것으로서의 몸은 결국 아마조네스의 화살에
꽂혀서 죽어야 할 그 무엇이었던 것이다.

　순정한 전통적 여성 자아에서 시작하여 점점 사랑의 실패
가 진행될수록 정체성의 분열을 보여주며 아니무스적 아마
조네스가 헛것을 물리치며 제 속에서 도드라져 나오는 것.
여성 내면의 이중분열? 그것만으로는 충분치 않다. 문제는
자아의 이중분열을 표현하기 위해 이중초점화와 이중목소
리를 내포하여 난해성을 만드는 텍스트의 솜씨에 그녀 시의
재미는 놓인다.

새장에 갇힌 새

마야 안젤로우

자유로운 새는
바람을 등지고 날아올라
바람의 흐름이 멈출 때까지
그 흐름에 따라 떠다닌다.
그리고 그의 날개를
주황빛 햇빛 속에 담그고
감히 하늘을 자신의 것이라 주장한다.

하지만 좁은 새장에서
뽐내며 걷는 새는
그의 분노의 창살 사이로
내다볼 수 없다.
날개는 잘려지고
발은 묶여
그는 목을 열어 노래한다.

새장에 갇힌 새는 노래한다.
겁이 나 떨리는 소리로
잘 알지 못하지만 여전히

갈망하고 있는 것들에 관해.
그의 노랫소리는
저 먼 언덕에서도 들린다.
새장에 갇힌 새는
자유에 대해 노래하기 때문이다.

강희원 옮김

'참으로 이상한 일이
다. 새장 밖의 새는
새장 속으로 기를 쓰고 들어가려고 하고 새장 안의 새는 목
숨을 걸고 새장 밖으로 나가려고 한다. 그 새장의 이름은 결
혼'(몽테뉴).

흑인 여성시인 마야 안젤로우(Maya Angelou)는 새장에
갇혀 있는 새만이 자유에 대해 완전히 인식할 수 있다고 노
래한다. '흑인-여성'이라는 소수의 기호를 두 개나 숙명적
으로 몸에 새기고 있는 그녀야말로 '새장에 갇힌 새'의 분
노와 고통에 대해 잘 알 것이다. 자유/구속이라는 대립적
이미지들이 팽팽하게 그 두 개념의 긴장을 수놓고 있다.

1연의 새들은 마치 거울단계(상상계, 라캉과 크리스테바)
에 있는 새들처럼 '세상/나' '나/타자' 사이의 간극을 모른
다. 그러기에 '나/하늘' 사이에 나르시시즘적 동일성만을
느끼며 자신의 한계를 모른다. 환상, 허구, 상상적인 시간들
이다.

그러나 누구에게나 거울이 깨어지는 순간이 오고 언어를
통해 아버지의 이름이 지배하는 상징질서 속으로 진입하게
되면서 '세상/나' 사이의 틈새를 느끼게 되고 비로소 자신
의 정체성을 획득하게 된다. 그 정체성은 언어의 망(網), 문
화의 망, 법과 질서의 망이다. 그리고 그것은 오랫동안 가부
장적 권위를 가지고 조직되어온 것이다. 그러한 남성중심주

의 의미구조 안에 편입되면서 인간은 누구나 (남녀 모두) 어떤 분열, 어떤 상실, 어떤 결핍, 어떤 종속을 느끼며 신기루 같은 거울 속 영상, 허구, 이상 자아를 찾아 헤맨다.

상상계 속의 새들은 하늘이 나의 것이고 자유를 즐긴다고 스스로 생각하지만 그러나 그것만으로는 완전하지 않다. 자유로운 새들은 오히려 자유를 느끼지 못한다. 즉자적(卽自的) 세계 속에는 자의식의 분열이 없어서 그것을 개념화시키지 못하기 때문이다.

곧이어 '하늘/나' 사이에 분열이 오고 틈새가 오고 한계가 오고 금지된 욕망이 오고 갈증과 배고픔과 분노가 와서 세상이 대자적(對自的) 공간으로 변할 때 비로소 인간은 '나/세상' 사이에 개입해 있는 틈과 욕망을 느끼게 된다. 쾌락원칙에서 눈을 돌려 현실원칙으로 끼기어 들어가게 된다.

'새장 속의 새들만이 자유를 안다'라는 마야 안젤로우의 자유 담론은 라캉식의 모든 인간의 숙명적인 주체성 형성과정과 연결되어 있는 보편성을 가진 것이면서도 또한 소외된 타자들(여성, 흑인, 갇힌 자), 날개는 잘려지고 발이 묶여 있는 존재들을 위한 강렬한 찬미이기도 하다. 억압된 영혼을 일깨우기 위해 아프리카 가죽으로 만든 신령의 북을 치고 있는 검은 뮤즈.

드라큘라 백작의 녹음 테이프

김상미

내 비록 하늘에서 쫓겨나 깊은 암흑 속으로 떨어졌으나

웃음 다 빠져나간 내 폐에 입술을 대고 누가 후-후, 햇살 불어넣어 준다면

적막했던 내 인생의 현관고리 누가 찰가닥, 소리내어 따준다면

소름끼칠 정도로 맑고 찬란한 아침해, 어떻게 내가 내 마음속에 섞어 놓았는지 보여주지

척추를 타고 관자놀이까지 올라와 내 몸 전체를 어떻게 달구어 왔는지

내겐 우연이란 없어

모든 게 고의적이지

나는 혼자 비밀 만들어

영혼의 잠 깨우는 묘약,

너희들 정신 속의 파충류를 깨우지

파충류의 피를 깨우지

내 말 들어줄 귀 열고

내 형체 보아줄 눈 열고

내 속삭임 들어봐

단 한번의 입맞춤으로 사랑의 절정으로 뛰어오르게 해줄
단 한번의 입맞춤으로 지옥의 바닥 위에 우뚝 서게 해줄

지나간 날들의 일그러진 황혼이 내 사랑 갉아먹고
그 자리에 이토록 음산한 피바람 쏟아부었지
다시는 떠오르는 해 바라볼 수 없도록
너희들 인생보다 더 긴 검은 망토로 태양을 가려버렸지
지나간 날들의 그 일그러진 황혼이

나는 걷고 또 걸었지, 감히 상상도 못할 음지 속을
쓰디쓴 미소, 살아 있는 꽃을 찾아
한순간 내 몫으로 떨어질 뜨거운 한 방울의 피를 위해
음울한 음지의 광휘에 휩싸여
미칠 듯한 사랑에 눈먼 자들을 찾아
그 잿더미 속으로 사라지지 않는 내 증오를 불어넣었지
그러니 누구든 이쪽 저쪽 살아 숨쉬는
저 빛나는 신의 지팡이를 내게서 치워주고 싶다면
어둠 서서히 내려앉는 길을 따라 내게로 오라
음침한 악의 대지, 드라큘라 백작의 성으로

그러면 내 너희들에게 보여주리라
창백한 내 영혼에서 나오는 처절한 빛 이외엔
빛이라곤 하나도 없는
음지에서 음지로 몇천 년을 날아다닌

검은 비닐 돋친 박쥐의 광활한 사랑의 발자취를
신에게서 잊혀진 그날부터 영원히 시작된
내 최악의 늙은 밤과 그 밤의 가혹한 운명을
하늘의 빛보다 훨씬 붉은 너희들 피와
내 분노에 묻은 불타는 지옥을 깨워
어떻게 신이 바닥 없는 내 심연까지 쫓아와
나를 십자가에 못박는지 보여주리라

오오, 살아 있는 꽃들이여, 내게로 오라
너희들 싱그러운 붉은 피가 나의 선(善)이 될 수 있도록
너희들의 콸콸 솟는 붉은 피가 내 뜨거운 사랑이 될 수 있도록
살아 있는 꽃들이여, 오오……

김상미

김상미의 무의식적
상상력은 매우 원시
적이면서도 파충류적으로 고혹적일 때가 있다. 그렇다, 그
녀의 상상력을 파충류적 상상력이라고 명명해보자. 우리 모
두 마음속에 한 마리의 드라큘라 백작을 기르고 있다는 말
이 틀린 말이 아닐 테니까 말이다.

신은 태초부터 파충류를 사랑하지 않았다. 자신의 투명한
상징 질서, 이분법적 구획을 교란하고 넘나드는 존재이기
에. 한 마리의 드라큘라 백작은 그 하고많은 대낮을 다 잠으
로 써버리고 모든 것이 난혼(亂婚)하는 밤 속으로 진군한
다. 어둠/낮, 선/악, 사랑/죽음의 경계선을 기어 오르며 투
명한 정체성, 소위 자아라는 것의 금을 지우며 이성의 명백
한 질서, 숨막히는 단일성을 지우며 성(性)과 장르가 뒤섞
이는 무질서하고 난잡한, 이질혼성적인 난혼 상태의 희열을
갈망하면서.

사드(Sade)는 「저스틴」에서 스스로 말하였지. "나처럼
선천적인 난봉꾼의 경우, 스스로에게 어떤 한계나 제한을
가하는 것에 대해 생각하는 것은 쓸모없는 것임을 알았네.
충동적인 욕망은 그것들을 즉각적으로 소탕해 버리지. 친구
여, 나는 이중적인 인물이라네. 나는 나를 즐겁게 만드는 것
이라면 무엇이든, 어떤 사람이든지 간에 사랑한다네. 나는
모든 종(種)들을 결합하고 싶어."

우리는 어쩔 수 없이 그렇게 '타인의 피'를 먹고 사는 난교적 존재다. 아니 '타인의 피'를 먹지 못하면 도저히 살 수 없는 그러한 불순한 존재다.

아줌마

김상미

한 명의 아줌마 안엔 수백 수십 명의 아줌마가 숨어있다
그 수심의 깊이는 아줌마가 아니면 절대 알지 못한다
아줌마는 현재 우리 집 안에도 앉아 있다
아줌마가 생각하는 것은 아줌마들에겐 중요한 것이다
아줌마의 생각을 알려면 아줌마들만의 은어를 알아야 한다
그것은 사회학의 한 페이지, 한 페이지들이다

아줌마들은 너무 오래 부엌에만 갇혀 있었다
행복한 식탁에 사슬로 매달려 있는 수저 속에
너무 오래 갇혀 있었다
그 속에서 개성을 잃었다
마음은 마음이 제집인데
아줌마들의 마음은 가족이란 밀집체 속에 너무 깊이 스며 있어
사람이라면 누구나 갖고 있는 얼굴이
아줌마들에겐 없다

아줌마들 중의 더러는 얼굴을 되찾기 위해
노라처럼 집을 뛰쳐나가지만
남편과 자식들이 뜯어먹은 아줌마들의 얼굴은

이미 제단 위에서조차 사라진 지 오래
어디에도 아줌마들의 얼굴은 없다

아줌마는 지금 우리 집 안에도 앉아 있다
얼굴이 없는 아줌마의 기형적 유전자는 아줌마들만이
알아볼 수 있다
아줌마는 나의 어머니이고
내 딸들이다
아줌마! 하고 부르면 뭔가……
가슴을 조이는 것 같은 슬픔이,
세상에 발가벗겨져 내동댕이쳐진 듯한 서러운 에너지가
울컥, 하고 내 속에서 두 발로 일어선다

아줌마는 내 속에 있다
수백 수십 명의 얼굴 없는 아줌마들처럼 내 속에

김상미

'아줌마'는 누구인가? 아줌마는 (경제, 지식, 계층에 상관없이) 한국 사회의 3D 직종을 떠맡고 있는 하위(下位) 주체들, 하위 집단이다. 그럼에도 그 안에 차이는 존재한다. 가부장적 악취를 고스란히 풍기는 아줌마도 있고 미시족의 향내를 상큼 풍기는 아줌마도 있다. 나는 세상의 모든 아줌마들이 조금 더, 조금만 더 히피가 되어보았으면 좋겠다고 생각한다.

아줌마는 유교적 결혼 플롯이 제공하는 그 단일한 꿈, 대중적 꿈에 복무하는 흔하디흔한 대중적 존재들이다. 바로 이 점이 치사량의 독약처럼 환각적인 연애소설, 대중적 멜로드라마가 그렇게 성업중인 이유가 된다. 떡 벌어진 푸대자루 같은 리얼리스트이면서도 낭만적 멜로드라마 단골 시청자이기도 한 '두 얼굴의 아줌마'라는 이 불길한 문화적 기호.

아줌마는 얼굴이 없고(남편과 자식들이 다 뜯어먹어 버렸다고 시인은 말하지 않는가?) 아줌마는 단일 개체가 아니며 (한 아줌마 속에는 수백 수십 명의 아줌마가 숨어 있다고 시인이 말하지 않는가?) 가부장-자본제 사회에서 획일화된, 집단적 욕망을 앓고 있는 이 사회의 환자 집단이다.

아줌마들은 가족이라는 병을 앓고 있다.

아줌마들은 가부장제라는 병원, 아니 사원 속에서

그 뜨겁고 무시무시한 히스테리아
사랑을 앓고 있다.

우리 집에 온 곰

정끝별

흰 눈을 이글루처럼 뒤집어 쓴 채
닻 같은 앞발톱으로 베란다 창을 긁고 있었어
두 눈을 유빙(遊氷)처럼 끔벅이며
집에 들어가도 돼 —

어떻게 여기까지 온 거야?
안 돼! 그렇게 앞발에 힘을 주면 아파트가 무너져
안 돼! 그렇게 큰 몸으로는 들어올 수 없어
몸을 줄여야 해 그래 좋아 3층만해졌구나
먹을 걸 줄 수 없어 좀더 작아져야 해
이제 1층만해졌어 조금만 더 조금만
그렇게 울지 마 사람들이 깨면 경찰이 달려올 거야
작살 이빨은 뽑아야 해 물고 싶어질지도 몰라
갈고리 발톱도 잘라야 해 긁히면 다쳐
그래 좋아 그렇게 진한 툰드라 냄새를 피우지 마
가시털을 세우면 안 돼! 절대로!
그래 착하지 좋아좋아

손바닥만하게 된 하얀 북극곰

꼭지에 고리를 묶어 아이 가방에 매달아 주었더니
온몸을 흔들며
유치원 가는 아이를 따라나선다
잘 잤니? 흰곰 배를 꾹꾹 누르는 아이에게
어김없이 불러주는 북극곰의 코맹맹이 노래
　　　유 아 마이 썬샤인 —
　　　마이 온리 썬샤인 —

오 낯익은 내 목소리

정끝별

이 시에는 세 마리의 곰이 살고 있다. 이 글루 옷을 휘날리며 커다란 발톱을 가진, 툰드라 빙하 냄새를 거느린 시원(始原)적 생명력으로서의 거칠고 두려운 곰 하나. 꼭지에 고리를 묶어 아이 가방에 마스코트로 달랑달랑 매달린 애완용 곰 하나. 북극곰이긴 하나 모성에 길들여져 아이에게 '유 아 마이 썬샤인—/마이 온리 썬샤인—'이라는 노래를 코맹맹이 소리로 불러주는 가정용 곰 하나.

건국신화라는 원형(原型)에서 흘러나온 '곰-어머니 웅녀'의 현대판 미장센들.

트렁크

김언희

이 가죽 트렁크

이렇게 질겨빠진, 이렇게 팅팅 불은, 이렇게 무거운

지퍼를 열면
몸뚱어리 전체가 아가리가 되어 벌어지는

수취거부로
반송되어져 온

토막난 추억이 비닐에 싸인 채 쑤셔박혀 있는, 이렇게

코를 찌르는, 이렇게
엽기적인

김언희

시인 김언희를 미국의 현대 시각예술가의 이름으로 번역해 본다면 이 풍요하고 아름답고 질서 잡힌 자본제/가부장제/문명의 사회가 추방시켜버린, 더럽고 추악하고 버려진 쓰레기들을 여성의 몸 주위에 배치하기를 끔찍하게 즐겼던 사진작가 신디 셔먼이라 부를 수 있다.

신디 셔먼은 크리스테바가 '비천함'이라고 부른 투명한 자아 바깥에서 부유하고 있는 심연의 쓰레기들을 분노의 영상으로 번역해냈다. 아버지가 버린 것들은 언제나 더 추한, 기괴한 모습으로 되돌아온다는 그 라캉적 진실.

그녀의 성(性)에는 재생산적인 것으로서의 성의 '자연적' 법칙에 대한 위반이 있다. 휴머니즘 담론의 한계가 파괴되는 불모로서의 재난의 시.

햇빛 속에 호랑이

최정례

나는 지금 두 손을 들고 서 있는 거라
뜨거운 폭탄을 안고 있는 거라

부동자세로 두 눈을 부릅뜨고 노려보고 있는 거라 빠빳한 수
염털 사이로 노랑 이그르한 빨강 아니 불타는 초록의 호랑이 눈
깔을

햇빛이 광광 내리퍼붓고
아스팔트 너무나 고요한 비명 속에서

노려보고 있었던 거라, 증조할머니 비탈밭에서 호랑이를 만나,
결국 집안을 일으킨 건 여자들인 거라, 머리가 지글거리고 돌밭
이 지글거리고, 호랑이 눈깔 타들어가다 못해 슬몃 뒤돌아 가버
렸던 거라, 그래 전 재산이었던 엇송아지를 지켰고 할머니 눈물
돌밭에 굴러 싹이 나고 잎이 나고

그러다가 떡 하나 주면 안 잡아먹지 하는
식의 호랑이를 만난 것이라
신호등을 아무리 노려봐도 꽉 막혀서

―다리 한 짝 떼어놓으시지
―팔도 한 짝 떼어놓으시지

이젠 없다 없다 없다는데도

나는 증조할머니가 아니라 해도

―머리통 염통 콩팥 다 내놓으시지
―내장도 마저 꺼내놓으시지

저 햇빛 사나와 햇빛 속에 우글우글

아이구 저 호랑이 새끼들

최정례의 '근육의 글 쓰기'. 그녀의 묘사 와 진술 속엔 언제나 '극적인 전환' 이 들어 있다. 붉은 신호 등 앞에서도 그녀 상상력의 특질인 극적 전환은 어김없이 일어난다.

잠시 〈단군신화〉를 사색해본다. 창조적 오독. 단군신화 속의 '곰/호랑이'는 여성 내면 속에 들어 있던 두 가지의 심리적 요소였다. 양성성이라고 불러도 좋을 것이다. 그러나 유교적 남성중심주의(당시 이데올로기의 체계)가 여성의 정체성을 규정하는 과정에서 능동적이고 공격적인 '호랑이(호랑이 性)'를 추방해버리고 수동적이고 인내심 깊은 '곰(곰 性)'만을 여성의 정체성으로 허용한 것이었다.

그러한 '아버지의 이름'의 작용에 의해 자연 여자의 내면 속에 깃들여져 있던 본래적 양성성(아니무스+아니마)은 곰/호랑이 둘로 쪼개졌고 호랑이는 '부적절한' 것으로 격하되고 추방되어 여성의 무의식(섀도 Shadow) 속으로 침몰하게 되었으며 곰은 조선조 여성의 '사회적 얼굴(페르소나)'이자 여성 정체성으로 형성되게 된 것이다(김승희, 『단군신화 다시 읽기─페미니즘적 독해』 중에서). 하여 한국 여인의 심리 속에는 섀도로서의 호랑이가 한 마리씩 들어 있는 것이다.

과연 〈단군신화〉에서 쫓겨난 그 호랑이는 어디로 갔을까,

동굴을 박차고 나가 어디에서 무엇을 하며 오천년 역사 속을 살아온 것일까. 동굴이 싫어 쑥과 마늘이 싫어 어둠이 싫어 환웅의 약속을 저버리고 금싸라기 같은 햇빛 속으로 포효하며 뛰쳐나왔던 그 날의 그 호랑이. 금빛 털에 검은 줄무늬가 번쩍거리는 이글이글한 암호랑이 한 마리. 뜨거운 사랑과 정직한 분노, 기운찬 활기, 햇빛의 쾌락, 위반의 힘들……

앗! 그러나 최정례의 이 시 속에는 그런 여성 심리의 새 도로서의 호랑이가 등장하는 것은 아니다. 오히려 설화 〈해와 별〉 속의 그 호랑이가 등장한다. 떡 장사를 하며 하루종일 온갖 고생을 하다가 우리 어머니, 할머니들이 산길을 넘어 아이들이 기다리는 집으로 돌아갈 때 굽이굽이 산모퉁이를 돌 때마다 나타나 '팔 하나 주면 안 잡아먹지, 다리 하나, 내장, 콩팥 하나 주면 안 잡아 먹지' 하고 위협하던 그 '호랑이'. 집안의 안위를 위협하는 호환(虎患)으로서의 '호랑이'.

그러나 어머니들은 용케도 호환을 피하여 살아남았고 팔 하나 다리 하나 콩팥 하나를 호랑이에게 먹히고도 살아남아 끝내 가정을 일으켰다는 이야기. 붉은 신호등 앞에서 그 타오르는 호랑이 눈을 생각하면서도 끝내 그것에 맞서 집안을 일으켰던 할머니를 생각한다는 이야기.

사랑 5
—결혼식의 사랑

김승희

성채를 흔들며 신부가 가고
그 뒤에 칼을 든 군인이 따라가면서
제국주의가 시작되었다고 한다

부케를 흔들며 신부가 가고
그 뒤에 흰 장갑을 낀 신랑이 따라가면서
결혼 예식은 끝난다고 한다

모든 결혼에는 흰 장갑을 낀 제국주의가 있다
그렇지 않은가?

김승희

케이트 밀레트의 『성의 정치학』을 결혼과 식민주의 담론과 연결시켜본 시. 남/녀 사이의 힘의 역학관계를 가장 잘 보여주는 결혼식을 정치적 시선으로 분석해보고 있다.

샌프란시스코에 있는 '일본 정원'을 다녀온 날 밤 이 시를 썼다. 어느 도시엘 가더라도 일본 정원에는 모래 바닥이 깔린 '젠(禪) 공원'이 있고 절묘하게 구부러진 분재 소나무들이 기괴한 아름다움을 자랑하고 있다. 무엇보다도 이상하게 뒤틀려 있는 분재나무들을 보면서 나는 지나간 역사이긴 하지만 '일본 제국'의 원초적 욕망이라는 것을 온몸으로 느낄 수 있었다. 타자의 자아화라는.

'일본 정원'에서는 마침 결혼식이 열리고 있었다. 하얀 웨딩 드레스를 입은 신부가 신랑 팔을 잡고 걷다가 신랑의 앞에서 부케를 흔들며 웃고 있었다. 그때 나는 이상하게도 그 싸늘한 흰 장갑이 내 이마에 선뜻 닿는 기척과 그 흰 장갑에서 불현듯 차가운 파시즘의 냄새를 맡았다.

그 뒤 이런 시를 쓴 적도 있다. '멕시코인들은 말하지/우리에게 하느님은 너무 멀리 있고/미국은 너무나 가까이 있다//세상의 여자들은 말하네/우리에게 하느님은 너무 멀리 있고/남자는 너무나 가까이 있다'. 그 제목이 「사랑 2」인데, 그렇다면 이 시는 사랑에 대한 모독이 되나?

사랑이라는 이름이 감추고 있는 패권주의에 대하여, 결혼이라는 이름 속에 들어 있는 파시즘에 대하여, 사랑은 때로 그렇게 '불순'한 것이라는 것에 대하여, 좋은 사랑과 나쁜 사랑엔 차이가 있다는 것에 대하여.

한국식 실종자

김승희

● 부음

이상준(골드라인 통상 대표), 오희용(국제 가정의학 원장), 손희준(남한 방송국), 김문수(동서대학 교수) 씨 빙모상 = 4일 오후 삼성 서울 병원. 발인 6일 오전 5시.

누군가 실종되었음이 분명하다

다섯 명씩이나!

순교 문화의 품위를 지키면서
손수건으로 입을 막고 다소곳이

남근 신의 가족 로망스 이야기

김승희

한국 신문 부고란만
큼 보수적이고 집단

적이며, 가부장, 남성중심, 파시즘이 노골적으로 내세워진
문화적 장소도 없으리라.

　이름없이 살다가 이름없이 죽어가는 여성의 경우 잘하면
누구누구의 모친상이 되겠지만(혹은 상배喪配가 될 수도 있
겠지만 여성들이 남성보다 오래 살아서인지 상배보다는 모친
상, 빙모상의 경우가 압도적으로 많다), 못하면 누구누구의
빙모상으로 처리되어버리기 십상이다. 아들이 없고 딸만 있
는 경우, 그 딸들이 불행하게도 이름을 떨칠 만한 사회적인
직함을 갖지 못하고 있는 경우, 그 죽은 여인은 그만 자신과
별 상관도 없는 남자들(사위들)의 부속물로 만천하에 공개,
매몰된다. 만약 자식조차 없는 경우라면?

　한국에선 개인으로 살다가 개인으로 죽어가는 것이 불가
능한 것인지도 모른다고 부고란을 보면서 생각한다. 여성의
경우 개인으로 살다 개인으로 죽기는 더욱 불가능한 것 같
다. 옛날 여인들의 이름 중엔 '미상'이란 이름이 그렇게 많
다. 미상(未詳), '이름을 알지 못한다'는 그 말이 이름이 된
것이다.

　그리고 더 재미있는 것은 부고란에 나란히 연결되어 인쇄
된 아들들, 혹은 사위들의 직함을 보노라면 우리 사회를 움
직이는 권력 네트워크의 정치적 지도를 발견할 수 있다는

것이다. 부고란의 남성중심주의와 '권력들의 혼맥, 인맥'의
족보를 철폐하라. 아니 노출시키지 말아달라.

　여성적 글쓰기는 '모든 고정된 의미를 의문시하는 데서
출발해야 한다'(이리가레이).